待渡

DAI DU

张宝旺 著

辽宁美术出版社

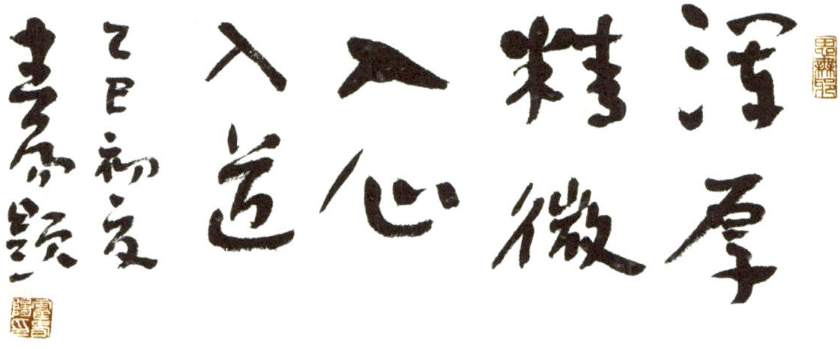

霍春阳先生对张宝旺艺术的评价题字：浑厚精微，入心入道。

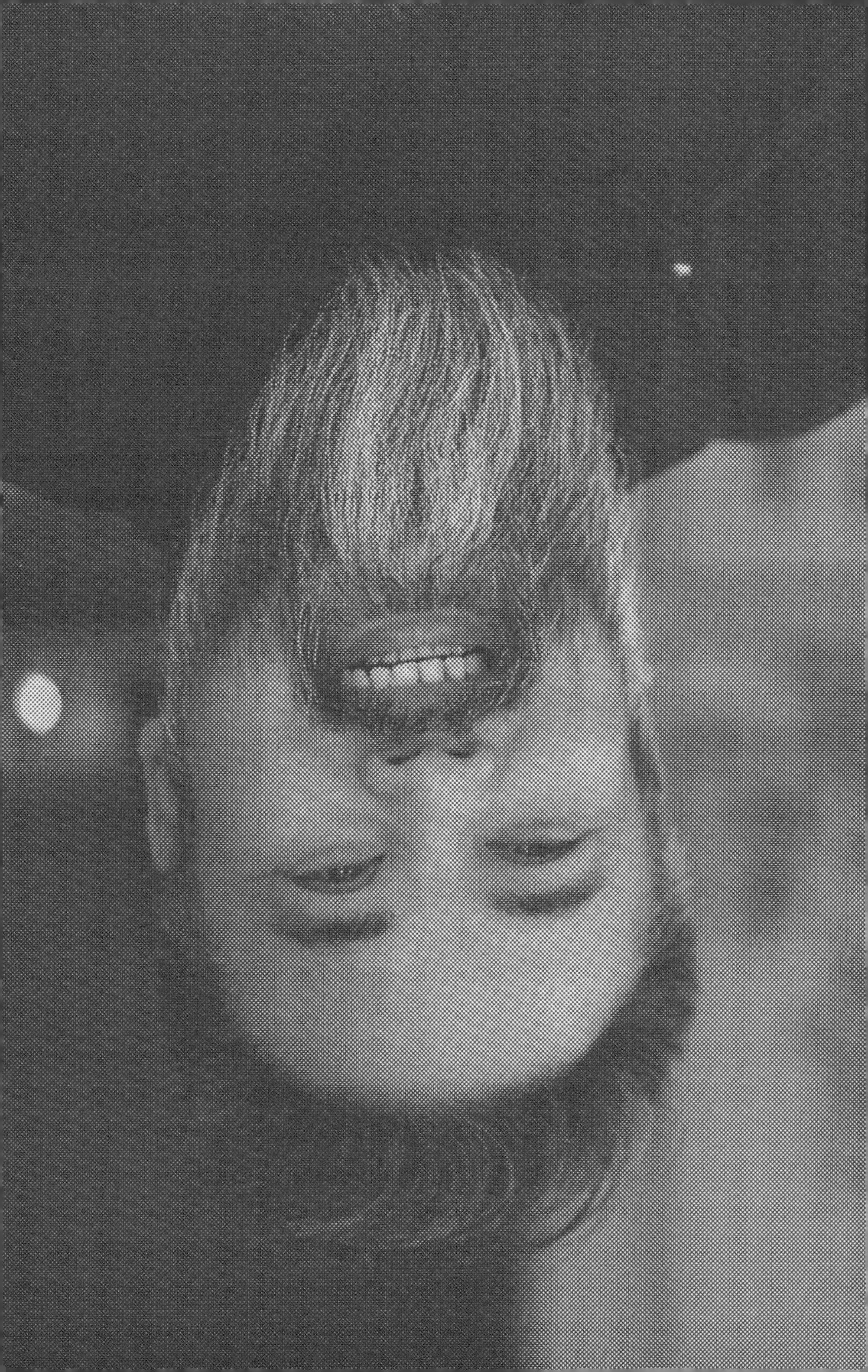

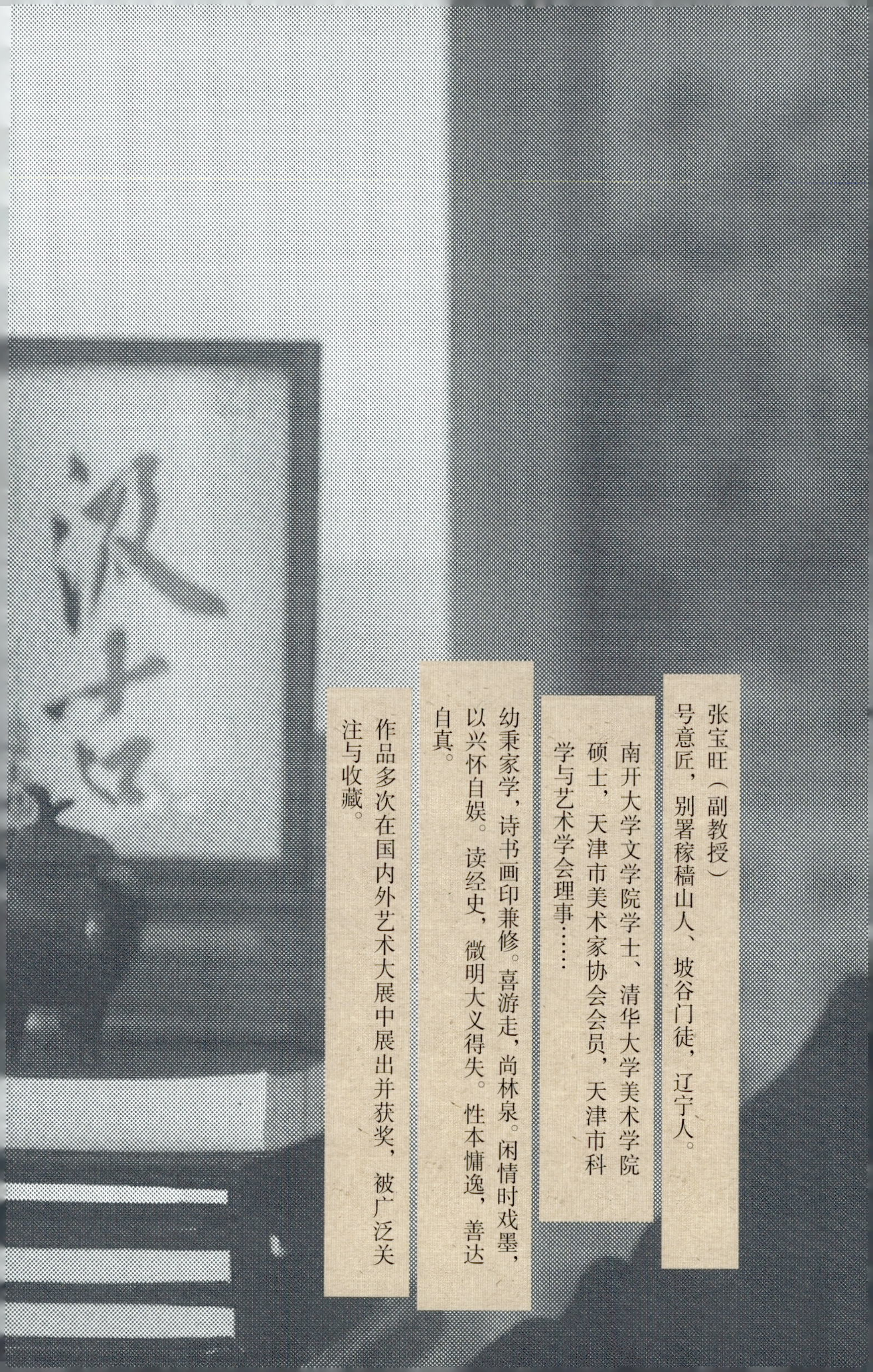

张宝旺（副教授）

号意匠，别署稼穑山人、坡谷门徒，辽宁人。

南开大学文学院学士、清华大学美术学院硕士，天津市美术家协会会员，天津市科学与艺术学会理事……

幼秉家学，诗书画印兼修。喜游走，尚林泉。闲情时戏墨，以兴怀自娱。读经史，微明大义得失。性本慵逸，善达自真。

作品多次在国内外艺术大展中展出并获奖，被广泛关注与收藏。

弁言

禅宗六祖慧能接受五祖衣钵后，五祖弘忍一直将其送到九江渡口，二人上船，惠能说：『我来渡。』弘忍说：『还是我来渡你吧。』意为师傅度他到彼岸。

渡者就是到彼岸。《坛经》通篇讲的就是人如何到达彼岸。

『待渡』不仅是一种生命等待与对彼岸的期盼，更是一种艺术题材与文化语境。就绘画而言，马远画有《秋江待渡图》，董源画有《夏景山口待渡图》，关仝画有《山溪待渡图》，钱选画有《烟江待渡图》，盛懋也有《秋江待渡图》……画中虽绘现实渡事，实则含义深远，寄寓着更深的生命体验与艺术表达。

人生如画中之旅。筏乘如芥，浮生若寄，岁聿其莫，白云苍狗，与世俯仰，飘荡其中。在一程又一程的过程中，入尘也好，归隐也罢。有溪山行走中的一憩，也有五百年前的一遇。或是坦荡大道，或是蜿蜒歧途。此间吾心，唯有艺术可渡我心。渡过一个又一个渡口，接下来还要面对下一个待渡。前方路漫且远，其中会有期许与焦急，更有耐心与静乖。

『茅茨落日寒烟外，久立行人待渡舟』，是人要离开家乡，还是重归故里？秋江那边，山路无尽，是被人渡，还是要渡他人？艺术为我接引之舟，将吾心渡到圆融的彼岸，以为安命，优雅从容。春来寒远，渺渺江水之上，巍巍青山几重，且歌且行，初心无憾。

今日，站在这一渡口岸边，将往昔稼穑之作掇拾成集，名曰《待渡》，其共分三部，分别取名『诗文』『笔墨』『适安』。『诗文』旨在表达雅言之美，『笔墨』旨在表达书画之美，『适安』旨在表达生活之美。作为作者，这也算是一种生命的恩泽与生活的慰藉。心怀丘壑，慈悲喜舍，待渡程中，妙手偶得！

此刻，窗外秋意正浓。不经意，落叶铺满了整个院子，东边的磨盘柿子微红，西边的枫树和其一起比起羞涩。草亭旁的修竹还在倔强地绿着。新书即将付梓出版，煮上一壶茶，写下这些字。

2024年秋日于适安别院

目录

第一章
詩友

启功年轻的时候拜溥心畬为师，溥先生对启功说：『经史为上，诗词在后，画在字下。』在古代读书人的意识里，文从经史来，书从文来，画从书来。

中国画都是写出来的，无论工笔写意还是没骨。所谓笔墨的笔法，本质就是书法。元代大艺术家赵孟頫在《秀石疏林图》题诗云：『石如飞白木如籀，写竹还于八法通。若也有人能会此，方知书画本来同。』其以飞白书之笔法作苍石，以篆籀之笔绘古木，以八法之笔写修竹，笔墨方可高古洒逸，文人雅韵才能游于笔端。

『竹喧归浣女，莲动下渔舟。』这完全是用文字组成的图画，且绘声绘色情景交融。故苏轼评价王维的作品『诗中有画，画中有诗』，就是在强调诗文可以作为书画的灵感源泉，书画亦可为诗文提供素材借鉴。东坡先生又云：『诗画本一律，天工与清新。』画境就是诗境，诗情也是画意。所以，书画的基础与精进，都在于诗文的修为。书读得少了，审美差些，一定趣味与品位不足，流于俗套。所谓江湖体、老干部体由此而来。也有的人眼高手低，说的比做的好，一动手就拉胯。这种人往往理论看似不错，夸夸其谈，话说得也漂亮，但总归是大言欺世无能盗名。

当然，中国文人画中诗书的融入，也因在科举时代，文人最擅长的就是诗书。古代士大夫在诗文唱和与笔墨酣畅之间，也领悟了物理与书理以及画理的融通之道。诗文为书画提供想象，书画更直接地展现了诗文的意境与情绪，进而达到自己之心与自然之心相会的境界。

如果书与画『同源』，那么诗文与书画则『同核』。

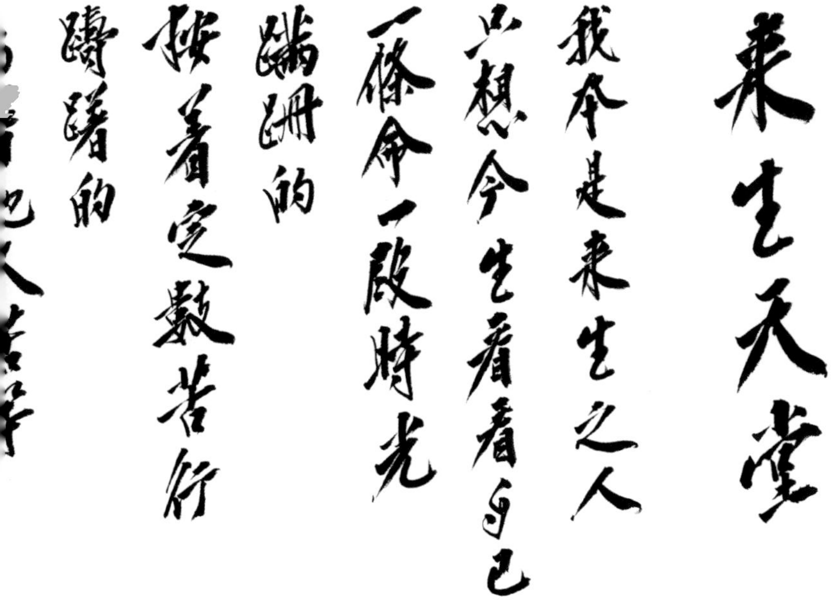

来生天堂

我本是来生之人
只想今生看看自己
一条命一段时光
蹒跚的（地）
按着定数苦行
踌躇的（地）
为着他人苦等
生生不厌
步步红尘

前半生上心
后半生下心
最后在忐忑的安生中
把大幕落下
奈何奈何
如果再来一次
試問君
是要江山美人
還是菊花籬笆

离怪

时间洪流 源长不塞

我

驶着飞梭

往往

驾着白驹

来来

离怪 离怪

哪里是未来 哪里是现在

哪时是戏剧的场景 哪时是生活的常态

哪个人与我共赴天涯 哪个人与我断肠别爱

哪些飞鸟在林尽时为己分飞 哪些猢狲在树倒时各自逃败

哪有悔怨的药可以开 哪有光阴可以贩卖

感慨 感慨

人

活着活着就老了

活着活着也就越看越明白

生命 没有我们憧憬的那么美好

但也 没有我们失望的那么恶坏

去拥抱爱的能力

想你所想 待你所待

长短

你的眼光
太短
我的牵挂
太长
没看到
有什么掉落
只听到
心碎的惆怅

慢递春光

我将思绪
整理了一下
小心地
包成包裹
趁着冬季还没到来
以秋色的名义
慢递给你
当你打开之时
即是满眼春光

你在我的梦里

昨夜里
梦见你
只是
醒来
有一句对你说的话
仍然清晰
『你在我的梦里
沉沉睡去
我在你的梦里
热泪盈席』

三远

永远永远
那时候的我不懂永远
永远不是以后
更不是以前
在一起的那刻依恋
就是永远

高远高远
不管我飞得怎样高远
你永远是我的大陆
那回来的方向
随时清晰可见

遥远遥远
你那遥去的身影渐行渐远
永远且高远地凝结在云端
这雨的夜
是你哀伤的脸
这夜的雨
似我流泪的眼

口子

睡前
把窗
开个口子
因为
我的身体
只想
被阳光叫醒

暗影痴梦

你是我
用阳光
粉刷过的暗影
觉悟时
不愿醒来的痴梦

叹息

你的
一声叹息
让我
震耳欲聋

云淡淡来水悠悠

云淡淡来水悠悠
花香飘然随衣袖
时光清浅 山风依故旧
岁月无痕 却撩开了容颜的盖头
云淡淡来水悠悠
痴心换不了深情 相思解不开残酒
夏日也留不住晚秋
易消的风烛 易倒的岸柳
易乱的落花 易覆的浪舟
有多少故事锁高楼
云淡淡来水悠悠
怎拥有那久处不厌的真心 怎知否那若即若离的相守
漫倚高楼 试问归舟为谁留
云淡淡来水悠悠
日月逝矣吾将老叟
怒马鲜衣空待已白头
万籁俱寂
只听得
梦中人喋喋不休
喋喋不休

发酵的信

你信里的文字
在发酵
最后
酿成光阴的酒

不努力

做一个
舒服的人
勤劳
但不努力
时刻
能感受到
心安理得
时刻
在
此刻活着

不抵相思一半长

独倚书楼醉案旁
三更雨风打窗
意冷花黄
只为月色愁肠

今夕何惜旧事梦
吹双鬓发如霜
一片痴情画凄凉
鱼沉去雁落伤

窗儿摇晃摇晃
人儿遥望遥望
虽书楼风满
且不抵相思一半长
盲
茫
空空荡荡

你对我说

五百年前
你对我说
『桃花又红人未归』
现在
你对我说
『春天都来了，
你为何还不来』

镶嵌

把自己
镶嵌在时间与空间的交集上
可丁可卯
丝毫不差
此时
凡尘世界妙有大化
分不出
我与其他

我的八苦

我生
是为了千年前的约定
我老
是为了终去时的浪漫
我病
是为了得到你的怜爱
我死
是为了追逐你的脚步
我爱别离
是为了深切感知你的温柔
我怨长久
是为了轮回后不再忘记你的美丽
我求不得
是为了不舍得用完你的缘分
我放不下
是为了生生与你同行

一粒微尘

曾经背着希望的行囊
逃离我思念但不依恋的故乡
一群冷笑的斗星
一只钩心的月亮
漫天飞的都是末日
遍地落的都是凄凉
猛回头
我又是如此的恍然大悟
只因为
一粒微尘痛击了我的旧伤

文字

给我一片山野
种下一座房子
静在那里
托着下巴
看着才情
在大地上撒欢儿
近于禅境
达于心灵

情种种情

靠近我
阳光把你修成剪影
如曲般
凝固着风尘
这一刻
情种
种情
满地相思
一寺舍利

放了阅读的鸽子

每次

在约会夜读的时候

我却

经常偶遇自己

于是

我与“我”寒暄攀谈

提杯换盏

在那样好的氛围里

我

忘记了约会

放了

阅读的鸽子

伤秋

离人
心上秋意浓
深叹
白驹蹄匆匆
回眸那年
山中笑
此刻
念牵万里重

昨天

昨天晚上
我
想了一晚上的昨天

我为何总渴望成为另外一个人

我
好
奇
心
重
且太重

那株桃树

我说：我轻轻地爱抚了一下那株桃树
一株老图书馆前的桃树
一瓣花落在了我的脚尖上
一阵香穿透了我的心肠
我抬起头
用眼神谢过了她
她说：我已化身老图书馆前的一株桃树
吸引你的目光
享受你的爱抚
听从风的旨意
落瓣于你的脚尖
散香于你的心肠

静的深夜

兰指的翻转

关上了当初的门

往事飞梭

时光雕过

风华早已成为岁月箱底的风尘

一往情深

把我

发配成孤独一人

这么静的深夜

那么乱的心神

我发现自己

早已

满脸泪痕

家书

晓月 在秋水中寂寥
苦等 在睡梦中思量
花儿岁岁复颜样
燕儿年年呢喃再绕梁
人儿早已不是红颜初妆

流萤亮 竹敲堂窗
那一个独觞成舞的姑娘
烟花尽思念断肠
那一室盼依欲穿的愁伤

多少次徘徊在柳梢松下
多少回呆眸于残灯影旁
怎奈何 裘苍枕凉天涯各一方

思城草木深家书抵万金
烽火冰河凤恋凰
泪水 信札 双双并成行
因闻得
君郎铁马归故乡

诗

梦见给别人读诗
醒来
只记得一句
『我在空气中刻下了几颗飘落
的心思』
我
是在给谁读诗
又是谁
把诗
读给了我

青山绿水

徐风
抚心痕
随袅
出伦尘
青山绿水中
独坐
我一人

伤痕我心

天生一双伤痕泪
泪涌
屏蔽了整个世界
最后
我在泪水的汪洋中丧生
天生一枚伤痕心
心灼
刺伤了全部温柔
原本
我以为你是来温暖我的

风尘戏

风尘的戏中
我主演剧本中的我
旁若无人地来过
欲盖弥彰地错过
耿耿于怀地悔过
台下的你
在等什么
我讲了一个生活的笑话
你怎么哭了
别走
等我一起
等我大闹一场后
再大醉一场
幕落
你我就悄然离所

十年爱痕

十年爱痕

十年心

我在人间

比人惆怅

回眸一寸相思地

落叶残雪西风凉

来也哀伤

别亦哀伤

江湖夜雨

清酒就月光

望去

空空飘荡荡

此处

思量

彼岸流水彼岸花

再思量

宝旺山水

山水林泉。和合莲连。上善不过如是。终一日。不嗔不念不求全。持君子之风。含贤者之度。品李白之诗酒。绘松菊之陶潜。怡情得趣。生姿毓秀。嬉心间。择一宅而居。清如三千弟子立孔庭。静似一介贤僧卧榻形。云挂枝月留梢。绿意滴翠坐忘吾身。澄怀俯察。幽意深远。玩物尚志。得意旺行。生花焕颜。风月无边。从一境而归。不躬虚之礼。不表是与非。游成山间闲云。幻化水上徐风。再无欣喜若狂。更无黯然神伤。上可触天籁。下可入黄泉。一本书一美眷。红袖折荷。不小心虚惊了柳岸。玉手弄香。夕阳满斜无意间。回眸一笑满目青山。此后。我命无甲子。岁尽不知年。

说不好也不好说

天上的云朵。也能刺痛了骄阳。让爱神的车轮辗转反侧。面带凄凉。稚嫩的声音。迷倒了百世的沧桑。你又何故迷恋这温柔富贵乡。清理垃圾的人。往往正在制造垃圾。垃圾其实就是这些人的口粮。想入非非的结果。是非想非非想。这里本来就无相。哪里有什么定象。色相是虚象。法相其实也是虚象。

谁说年华的偶然。不能把自由点亮。只要青春未尽。逆风啊顺风呀。无阻我飞翔。有件事。忘记了告诉你。你拈花的时候。我当时在忙着插秧。你最大的魅力。就是那。带着企图心的作势装腔。我其实很崇拜你那认真犯傻的模样。你一言不发。我就一动不动。你对我如如平等。我就对你莞尔一笑。恋恋不舍又微微苦涩。若有所得又好像不知所措。说不好。也不好说。

叠起五更（百字诗）

冷
微风
窗烛灯
如是寂静
浮光横疏影
夜沉思绪难平
往昔岁月如幻境
繁华落尽狗苟蝇营
叹时光匆匆白驹不停
漫漫前路风一程雨一程
见过了天地又见众生
是非功过一座空城
借假修真如梦令
欢自己莫痴等
庄周梦蝶醒
叠起五更
花满径
黎明
晴

你永远是我唯一的读者

写诗
希望
有人读
有人懂
有人回应
而你
就是『有人』

你永远是我第一个读者

刚写的诗
趁热
送给你

撒欢儿

云朵
你怎么扭都好
石头
你怎么停都好
水流
你怎么游都好
微风
你怎么唱都好
我啊
怎么撒欢儿都好

自由且不被打扰的生活

有个做义工的朋友，其工作内容是照顾养老院的临故老人。同时在老人濒死之时，做些心理安慰与辅导。在这些年中，她送走过几十位老人。我有一次问她：『人在临故之前的阶段，是否有共同的反应？』她的答案是『有』，虽然老人年轻时有这样那样迥异的职业，受教育的程度也有高低，但大部分人在那段时光里，忽然都变成了『哲学家』，都会问自己，我这一生为什么活。其中有一位让她印象最深刻的老先生，反应很强烈。那位老者在那些老人中算是很有经济实力的，他在自知将会不久于世后，总是拿着一沓钱，见人就问：『请告诉我，生命和生活有什么价值和意义？』

也许，那位老者的这句问话，是每个人都该早些问自己的。我也问我，问现在的『我』，也问几十年后，即将离开凡尘的『我』。所谓『面死而生』，我要自己回答这个关于『死』的问题，进而，我才会知道如何『活』。

当我每次面对生活这顶机关枪无奈之时，我就会愿意参加『满月酒』和『葬礼』。告诉自己，我曾经也是这样来的。以后，也会这样去的。我曾问过一位老妇人：『您觉得生娃与故去，应该哪个会更痛些？』她回答道：『应该是生娃，「生」虽痛，但那是希望的感觉，而死，是恐惧的。』『死亡』的恐惧，大多数人内心都有，只不过，人总觉得那离自己还很远，或是一厢情愿地认为与己无关！

人一『出生』就『入死』，过程中如入『苦海』，每个人都在这海里挣扎着。尽管有些人是嘴里含着金钥匙，但人的『贪嗔痴慢疑，怨恨恼怒烦』的纠结是不能逃脱的。人的『傲慢、妒忌、暴怒、懒惰、贪婪及色欲』是不能跨越的。人的『生老病死』的过程是不能缺席的。

当然，苦有苦的价值，身不苦福禄不够，心不苦智慧不开。在求财的苦难中『行』，在读书的困惑中『知』。这样才能拥有独立之思想自由之精神。让『心』不着外象地魅惑，让『灵』不分不乱地盈旺，让时空更多地挖掘自己的才情与可能。

何故来此又何事惊慌？人生哪有什么大事，最重要的就在两端，一个叫『生』一个叫『死』，如果中间有个重要的东西，那叫『生活』，再具体的说法，就是『自我救赎和自由生活』。自我救赎是生长是『八十一难』。自由生活是果实是成佛。

悟空成佛之时，在『老孙』看来，封赏已经不是最重要的事，把自己头上的紧箍摘下，才是他最大的诉求。每个人的人生不就是一场『西游』吗？如果我们能在经历了『苦难』后，我们获得了自赎与自由，那我们每个人在故去的刹那，都会成为自己的「佛祖」。

人之求索不过如是。

我们在母体里的表情都是微笑的，笑得像佛一样，因为我们那时连饥饿的欲望都没有。我们那时无时无刻不被满足着。人活着的这段时光，原来是首尾相连。如果我们出生后，能用自己的能力与智慧，再次回到那个状态，不能不说是一种最大的圆满。

有一个词比自由更加自由，那就是「不被打扰」，如果说，自由在某种意义上是「想做什么就做什么」，不被打扰则是「不想做什么就可以不做什么」。不被打扰不是逃避生活，而是更自由更主动地生活，拥有选择权地生活。正如韩愈在《送李愿归盘谷序》中所言「起居无时，惟适之安」。至于工作，写诗，绘画……已经是生活的副产品。

自由且不被打扰的生活，也许是生活的最低状态，同时也是生活的最高追求。尽心地去了解人性，进而接受人性，用更宽广的态度包容人性，让「爱」产生，拥有爱的能力，于是有爱的生活就会出现。于是「自由」与「不被打扰」的生活才会降临！努力勤奋地「多赚钱」「多读书」，种下菩提智慧的「因」与「根」！这样才有资本和「人性」聊一聊，和「生活」谈一谈。

孝

如果说古代中国人真正的宗教，那便是祖先崇拜。每个人身体都流淌着父母以及家族的血脉，自己就是自己基因的代表，不孝其实从基因的角度讲，是对自己基因的不认同。也就是说，不孝的情绪，以及做法，其实是会不断地产生自己与自己对抗，自己与自己拧巴的强大负能量，进而影响心情、行为乃至性格。久而久之，人会在身体上、运势上，甚至命脉上，产生无数且莫名的阻碍。故，『孝顺』不仅是对父母的某种『顺从』，更是对自己『命运』能够『顺达』的很好诠释。

人类作为一种『交际动物』的存在，是需要与周遭和谐相处的。特别是处于农耕文明时期的人们，要与天和、地和、他人和，还要与己和。人在不断地发现自己，成就自己的过程中，与己和谐相处极为重要。所以说，一个人的面相的表现，以及运势乃至命程的呈相，都是有它背后联系的。之所以说『相由心生』，就是什么心决定了什么性，即心性，什么性决定了什么命，即性命，什么命决定了什么运，即命运，什么运决定了什么气，即运气，什么气决定了什么色，即气色，什么色决定了什么相，即色相。此循环，周而复始，生生往复。

读书何用

平时课下，学生经常会问：『老师，为什么要读书？』我会打趣地说：『书中自有黄金屋，书中自有颜如玉。』这话是玩笑，但也是事实。

其实，人和人之间最大的差别并不是智商，而是认知。在生活里实际是很少有那些认知高的朋友。如果有，也不太可能随时随地地见面攀谈，但书这个朋友可以。比如想跟孔子聊聊，虽已三更灯火，但仍然可以拿出《论语》，看看夫子在两千多年前都说了些什么——『益者三友……友直，友量，友多闻』。交真朋友，原来有三种人，『友直』就是交坦诚的人，『友量』就是交宽厚的人，『友多闻』就是交知识广博的人。看，一位智慧的老者，跨过时空，对你循循善诱。生活中这种人太少。

所以，人可以没有学历，但不能没有文化。读书读事读人中读书还是最重要的，而且要『活到老，学到老』，以保证不断精进。也只有不断地精进，你才能不断地碰到更好的自己，也就能够配得上更好的生活。

其实人的一生中，每个阶段都会形成一层一层的躯壳。有时，看以前照片中的我，总会觉得那个人熟悉又陌生，好像是前世之人。每次的认知觉醒，都会形成新的蜕变。不读书，认知原地踏步，那个躯壳就会越来越风干坚硬，甚至成为老茧，人也就会变得越来越狭隘。『多怪』其实往往是因为『少见』。

每个人行走的范围，就是自己物质世界的边界，每个人的思考程度，就是自己精神世界的边界。往往一个人最大的牢笼，就是自己认知的界限与思维的框架。我们有意无意地，会把自己变成自己的囚徒。读书则可以跳出我们自己垒起的高墙，拨云见日，看到更远更美丽的风景。

所以说，人真正能够给自己撑腰的，首先是足够的经济基础，其次是持续稳定的情绪状态，最后就是不断地读书，不断地学习储备，进而提升自己的智慧密度。

符号共振

世界是个极其复杂的系统，但人类的器官并不能够完全应付。我们的大脑，只是允许我们的眼睛看到可见光那部分的信息。所以，我们的肉体，非常局限且喜欢偏见，这是基因与进化的选择。

于是，我们必然习惯且试图以『词汇』或是『概念』的方式解释这个世界。我们也必然选择用约定俗成的『符号系统』来表达极其丰富的事实，进而描述与建构我们的经验。

语言与文字就是这些『符号系统』的典型代表。书法与绘画更是『符号』的符号。

我们从幼儿时期就不断地学习和接受不同的『符号系统』，因为这些符号是交流的规则与习惯，我们要与这个社会建立连接，不得不如此，文化亦是如此。

反之，我们在学习接受且善用这些符号的同时，也要加之提防与警惕。因为往往观念的形成会排挤事物的本质。正如阿伦·瓦兹描述的那样：『这有点类似于玻璃窗上的一幅太阳的绘画将真正遮住太阳的光线。』

禅宗那些祖师之所以想用『不立文字，直指人心』的方式来完成『教外别传』与『见性成佛』，是因为真正的表达往往以『莫名其妙』或是『妙不可言』的方式表现。从某种意义来说，凡是能够被分类且被描述的，都是『世俗』的。凡是过于具象且平整的，都是『献媚』的。绘画、书法、生活都是如此。故东晋的陶渊明在《饮酒·其五》中会写道：『此中有真意，欲辨已忘言。』

就算我们的言语、文字、艺术等文化符号越加丰富多彩，也逃脱不了其天然的缺陷，那就是『言辞』与『语汇』等符号的交流，只能存在于同频之间，只能存在于那些共享类似生命经验者之间。

所以，『美』往往是深度交流的产物。

艺术只有在符号共振系统里才会有高下。蟪蛄不知春秋，蜉蝣不知朝暮，井蛙不可语海，夏虫不可语冰。物随物蔽，尘与尘交，愿你我彼此通过艺术符号，能够同频共振。

美与当代

今日月圆，茗香清柔，静念沉声，思量弥久，何谓艺术作品之美？思绪的气泡浮出水面。

艺术作品应该是美的。

美不等同于漂亮。漂亮，仅表层而已。美，体现之精神。美之作品的前提是需要情感的善意，情感之善意的前提是需要创作者的真诚。所谓『真』后才『善』，『善』后才『美』。其人要感触到对艺术的真诚追求与对生命善意的态度，才可成就其作的美。美之为美，来自作者心田生活的时空写照。也正是这样美的内敛与张力，才真正地能够使得材料的偶然变化，发展到作者内心情感的必然表达，才真正地使艺术作品中的『空间美』，转化成观者欣赏的『时间美』。

故，作品应该取意于真善，释之于妙美。

艺术作品应该是当代的。

当代不等于抛弃传统。在众多所谓当代艺术家之中，不乏有人只是为了当代而当代，为了讨好而讨好，为了迎合而迎合。哗众取宠地做着掩耳盗铃的勾当，却忘记了当代不是凭空跳出来的，是具有历史延续性的。当代艺术不仅仅是时代的崇拜，更是历史长河下的当代，不是今天我们一提当代艺术，就『放弃了』它的历史性，一提世界艺术，就『嫌弃了』它的地域性，一提多元艺术，就『抛弃了』它的一元性。当代性是由历史性延续而来，世界性是由地域性表达而来，多元性是由一元性专注而来。不然所有的当代逻辑都会成为伪逻辑，不然所有的当代作品看似一切都不一样，但感觉一切都差不多。

故，作品应该取意于传统，释之于当代。

『美』是作品的外式，『当代』是作品的内质，兼具美和当代的『相』，是作者的那颗『心』孕育生成。绘画不仅仅是作者的表达工具，更是其实现自己艺术感知的舞台。

不管作品是美的还是当代的，但作品还是作者的，因为作者具有一个艺术家的当代美的同时，更应该具有一个艺术家的善意与真诚。

适安别院记

穿竹林，见院门，匾题『稼穑』，虽原『春种秋收』之意，亦作『因果轮回』之感。

开门，见红柿石榴各一株。柿西，树参天，石榴植东，赤如火。白墙映影，斑驳摇曳，窸窣风语，待夏日得清凉界。

回首，有径且折。径头，设草亭一座，清新可爱。内设一方桌，一凭几，无冗繁家具。亭周，青竹红叶，交柯成画。古石纤草，对景生情。

曲房幽室，云林清秘，仿古人物外高隐之士所居，饮山水自然之气，得高雅去尘之趣。涵养身心，邀月待友，散淡畅怀于品茗小酌后，悠悠然自心。即得，旷意涤心之境界，此乃遁世清欢。

性命何为

人之今世，无外性命。一性一命，性为乎？命几何？《性命圭旨》言：『夫学之大，莫大于性命。性命之说，不明于世之久矣。何谓之性？元始真如，一灵炯炯是也。何谓之命？先天至精，一炁氤氲是也。』故然，性，人之灵光。命，人之生机。性者隐，命者显。性者静，命者动。性为道，命为德。有命无性者，行尸走肉。有性无命者，空城一座。

人生两次投胎转世，先为，命之肉体降生。后为，性之灵魂觉醒。古人之学，存心以养性，修身以立命。然，不明性，无异于禽兽。不知命，得不了欢喜。两者彬彬，彼此交融，存之养之。方可，神行相依，身心合拢，气血充盈，神气舍心，魂魄毕具。然后，『人』之谓人。

临窗展纸，谨表鄙见，芜驳之辞，存商求正。

书卷园林

中国园林，又称『文人园』，因为造园者与使用者都是读书人。故『书卷气』必然是中国园林的底色。

园林的文学性，最明显的体现，就是在匾额的命名与楹联的内容上。画不写跋则不雅，景不点题则不明。《红楼梦》中有『题大观园诸景对额』一回，讲的是大观园修成后，各个有房子的地方，需题上符合相对景致的词句，来表明或暗示地点与景人之间的对应关系。例如，潇湘馆中的竹林景致，就衬托了林黛玉孤高自许、目下无尘的性格。其题对为『宝鼎茶闲烟尚绿，幽窗棋罢指犹凉』。稻香村的环境，则与李纨清心寡欲、质朴田园的性情一致。其题对为『新涨绿添浣葛处，好云香护采芹人』。

文章谋篇叫构思，绘画布局叫构图，林泉营造叫构园，三者相通。诗文与绘画在起稿前都要意在笔先，包括如何确定主题、选材、表现，如何『起、承、转、合』等。造园的最初也要『相地』，要根据具体情况，进行阴阳虚实、深浅幽明、曲直藏显、动静扬抑的总体布局。只有最初章法得当，园林空间才能合会天地。

文人的诗画，写意胜过写实。北宋苏轼云：『论画以形似，见与儿童邻。赋诗必此诗，定非知诗人。』造园如作诗词、作画一样，忌无序堆砌与无趣模仿。造园者不是大自然的搬运工，园林也不是野外山林的复制品。所以园林是文人师造化后，中得心源的结果。所以，园林要素不易烦冗，用料要约少要精准要概括。山之平峻，水之聚散，要懂得适度与恰到好处。造园多易少难，大易小难，绮丽容易清雅难，能做到疏朗而不空旷，简雅而不寒酸，实则更难。不然很容易把园林打扮得花枝招展，搔首弄姿。园林里植物种植也是如此，只有素壁为纸，花木为绘，才可体现出清拔竹石，清明悦目。正所谓孔子之「绘事后素」。

王国维的《人间词话》不断地强调意境。确实，古代的诗文大家，每个人都有自己的不同品质。李清照含情脉脉，苏东坡大气磅礴。园林在构建的过程中，根据相地观势的不同，需要「有法无式」的因地制宜，最后呈现出不同的状态，人与自然各得其貌。艺圃精致文雅，留园丰富华美。造园如诗，园如其人。

文人敏诗、能书、善画，其与园林在思维情感上是相通的，只是表现的手法不同而已。「袅晴丝，吹来闲庭院，摇漾春如线……朝飞暮卷，云霞翠轩，雨丝风片，烟波画船。」文以情生，园林亦是如此。生情是园林起「游兴」的起点，也是游园之后的目的。所以，作园如作诗，应曲折有法，才能营造佳境。以有限之文达无限之意，以有限之景表无限之情。然后，再以无限之情传不尽之境。所以，园林要藏，景露则境小，景隐则境大。

堆山叠石往往是园林营造中的主题与主体。画论中很多内容，则可直接指导与启发园林的建造。王维在画论中提出：『主峰最宜高耸，客山须是奔趋。』这种对山势的描绘，不仅仅符合伦理之理与绘画之理，更是秩序之理与自然之理。也为园林堆山创作，提供了审美基础与构成原则。

北宋画家郭熙提出，创作山水画『远望取其势，近看取其质』。势，是画的大观布局；质，是画的精微肌理。山水画中，画石之皴法，各臻其妙，要根据不同的山质而为之。大斧劈皴自然为北方大山大水。米家的雨点皴，当然是竹林丘陵。其审美观点不仅影响了山水画的发展，更是后世园林营造中，叠石中非常重要的创作手法。园林亦有笔意，运石如运笔。

郭熙的『三远』的观点，对山水画的创作影响巨大。『山有三远：自山下而仰山巅，谓之高远；自山前而窥山后，谓之深远；自近山而望远山，谓之平远。』三远法作为传统山水画空间理论，一直影响着文人，同时也对园林空间表现有着潜移默化的影响，为园林设计提供了新的视角和方法启示。通过多元视角的空间移动，不但能够使得园林空间更好地表现其自然属性，更可以扩大视觉感知，进而呈现全息的空间体验，最终创造出富有层次的深远意境。

『高远』亦称『虫视』。将身置低，望什么都高大磅礴。诸如范宽的《溪山行旅图》，沈周的《庐山高图》。园林中，造园者通过改造地形，特别是假山，将人与假山的距离靠得很近，让游者如在大山脚下。所谓『假山看脚」，给人以仰望无尽之意。其思维就体现了「高远」意境。「深远」可表峰峦叠叠，无穷无尽。如黄公望的《富春山居图》。在园林中通过遮挡的手法，使景欲扬先抑，此之谓「障景」。营造出景物若隐若现、微茫缥缈的意境，则与「深远」不谋而合。「平远」景色，四方辽阔，如倪瓒的《紫芝山房图》。在园林营造中，通常以远处堆山为背景，近岸广水，营造出「平远」之意。

古人书斋展长卷，澄怀观道，卧游天地。庭院深深，园亦贵幽远。通过长廊云墙，曲桥漏窗，人在园林间，走走停停，时而花丛隐榭间，驻足赏石；时而水边安亭边，凭栏观鱼。左顾右盼，想入非非，景致入眼，观之不尽。进而把空间转换成了时间，如在长卷中游画。此间不但可行可望可居可游，亦可居之者忘老，寓之者忘归，游之者忘倦。

「书卷气」的文人寄情丘壑兴怀诗文，喜欢山水抒意笔墨，迷恋园林遁世生活。所以，园林与文学以及山水绘画之间有着天然的伴生关系。园林是动的诗，活的画。

第二章 笔墨

中国古代文人的自然观，深受《庄子》的影响，其中《齐物论》与《逍遥游》最为重要。《齐物论》里有万物共体、物我为一之理。《逍遥游》里有顺应自然、悠游自得之境。也成了古代读书人隐逸精神的追求。士大夫身居庙堂，且久在樊笼。也只有栖丘饮谷，含道映物，才可挥去案牍之劳形，并获得精神的安适与慰藉。

南北朝时，政治动荡，玄学兴起。读书人提倡不摧眉折腰而自在，不殚思竭虑而有余。有而不用是为隐，能而不为是为逸。其中宗炳的『澄怀观道，卧以游之』美学观念，对读书人影响巨大。

『卧游』之感在于，虽足不出户，身在斗室，也能放眼林泉，把大自然的千般风情揽入怀中。同时，这也塑造了古代文人的一种审美观，那就是缩天纳地的趣味。一拳石可表太华千仞，一勺水可仿江湖万里。

文人从而进入了从有形的物象到无限的想象的境界。如果说，山水画是一个将三维山水变为二维绘像的过程，那么园林则是建立在山水画基础之上，从二维中演化出的另一种三维艺术。且虽由人作，宛自天开。

宋徽宗这个道君皇帝，当年在其修建的艮岳中，构建了一个如梦境般的仙幻之园。对于本人，我从小跟随祖父学习中国传统文化、习书、绘画。后又学习园林营造。在我的内心里，也想塑造出如艮岳一般的太湖石世界。现实中当然条件不足，但吾有一个方便法门，那就是可用绘画堆山垒石，笔墨给予了我无限自由与可能。

平日与友，对画品茗小酌，不下堂筵，亦可坐穷泉壑，醉游山水。此醉非『酒醉』，而是『心醉』『意醉』『情醉』。

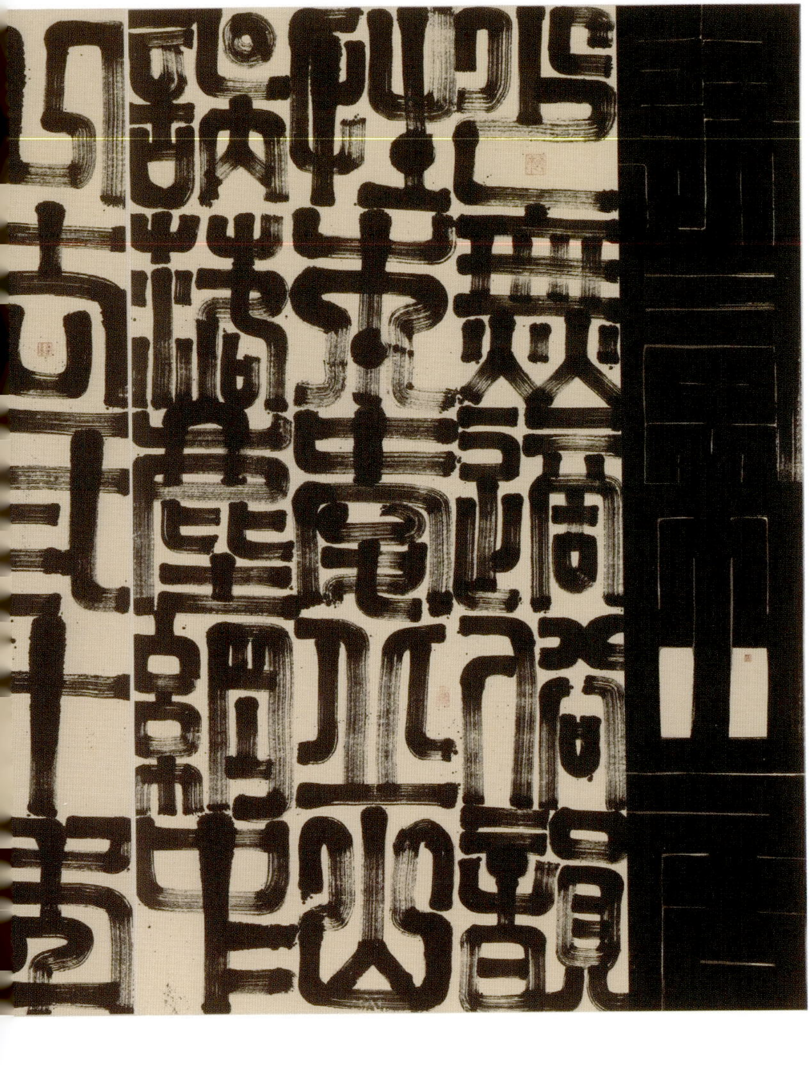

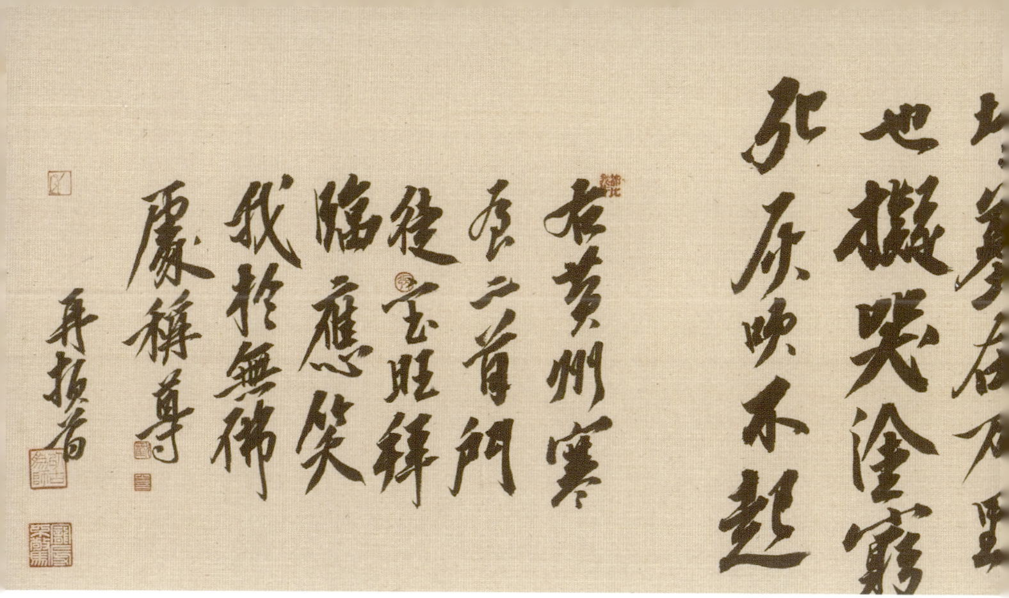

名称：临《寒食帖》

材质：纸本水墨

年份：二〇二一

名称：东坡赏心十六事
材质：纸本水墨
年份：二〇二二

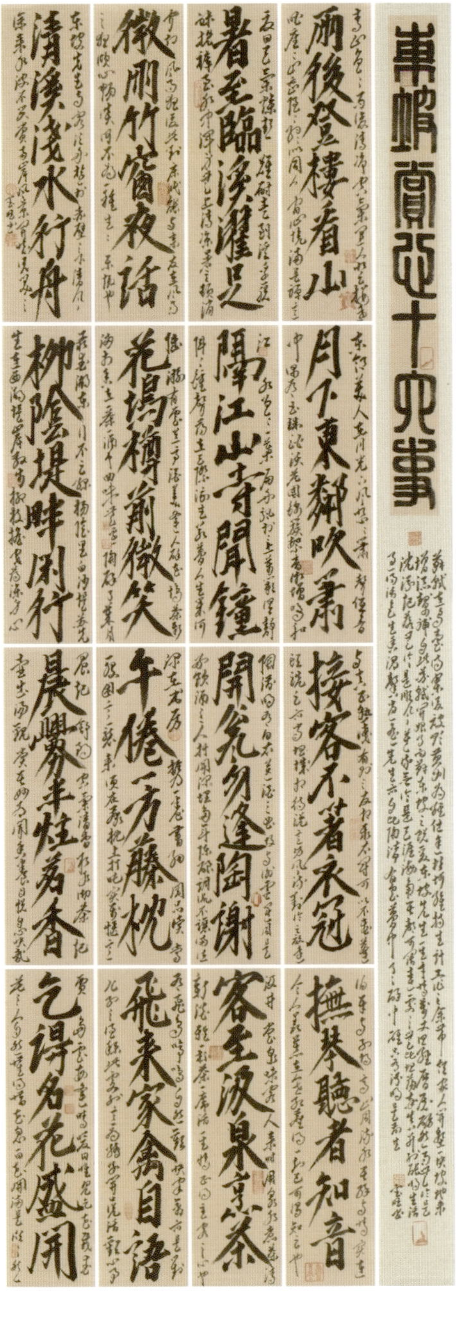

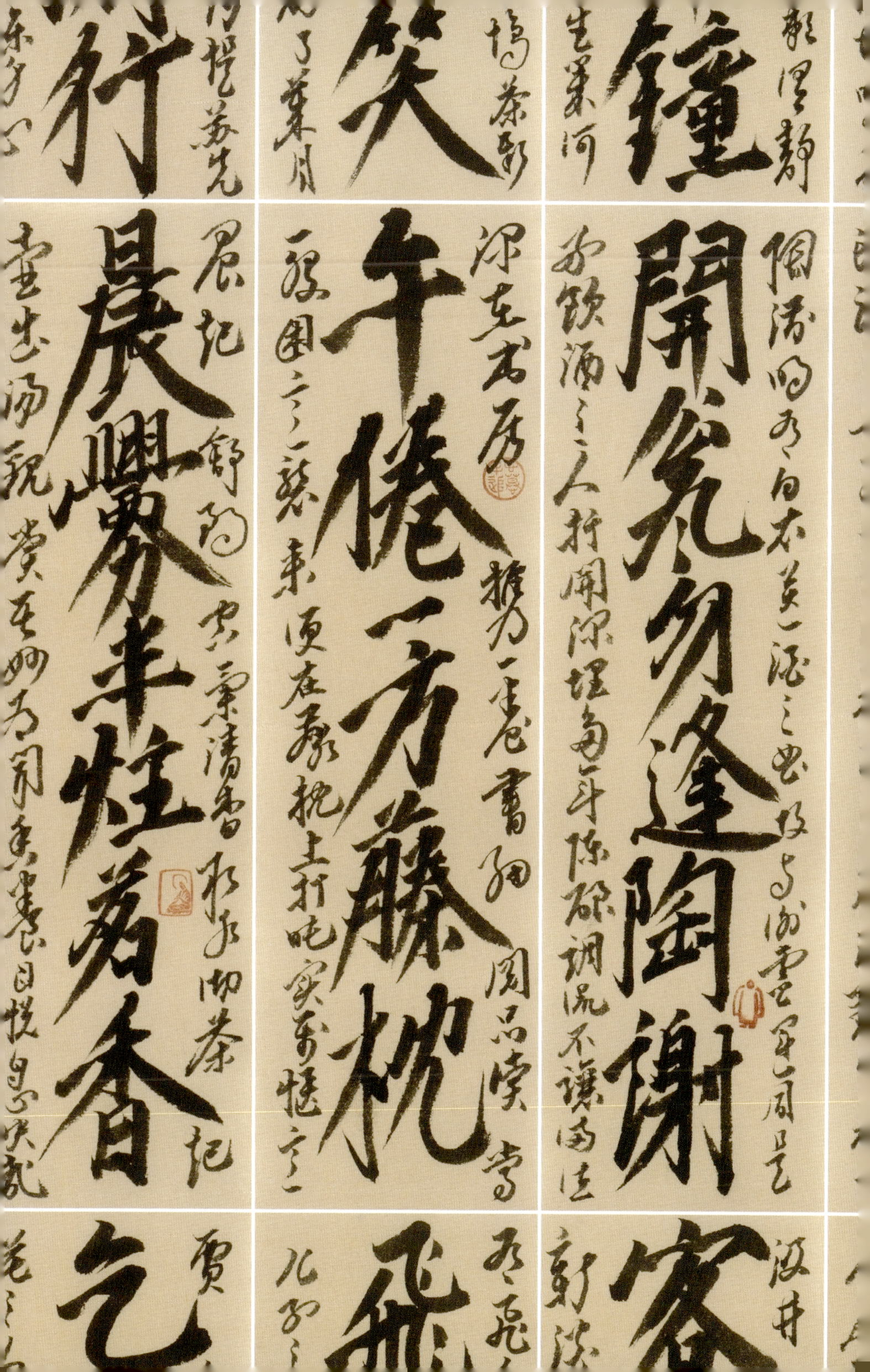
午倦一方藤枕
晨興半炷茗香

▶ 名称：当时
材质：纸本水墨
年份：二〇二二

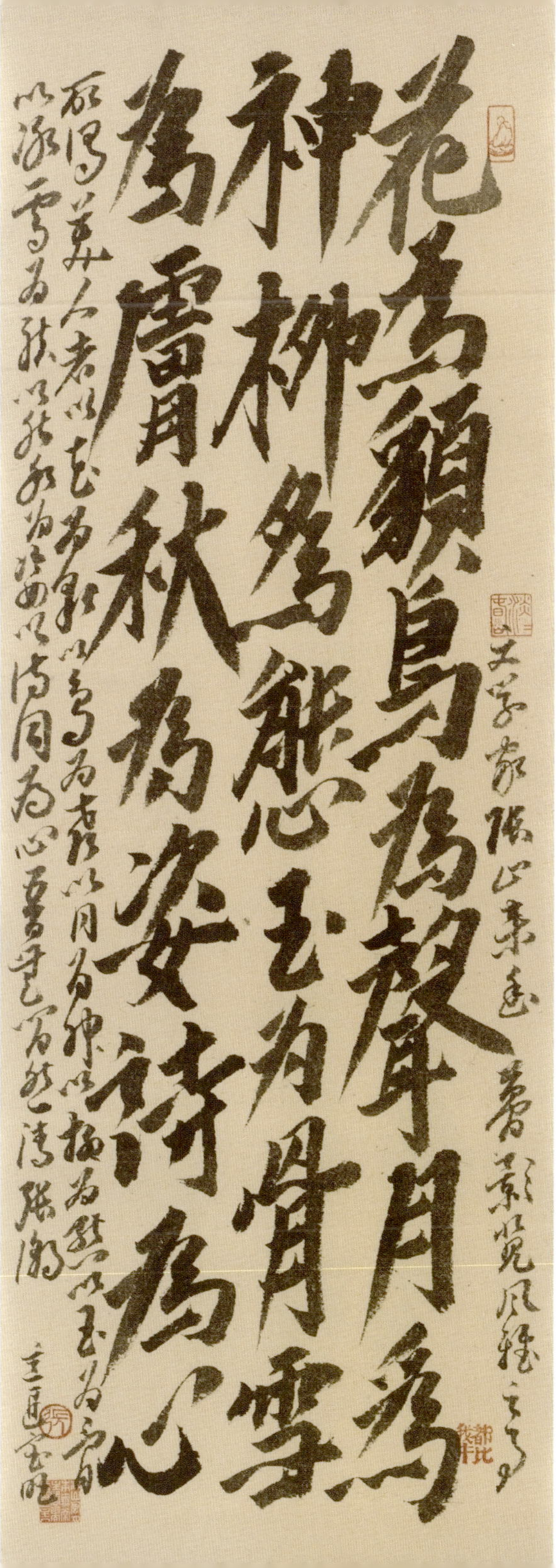

名称：美人之美
材质：纸本水墨
年份：二〇二一

無事小神仙

▶
名称：无事小神仙
材质：纸本水墨
年份：二〇二四

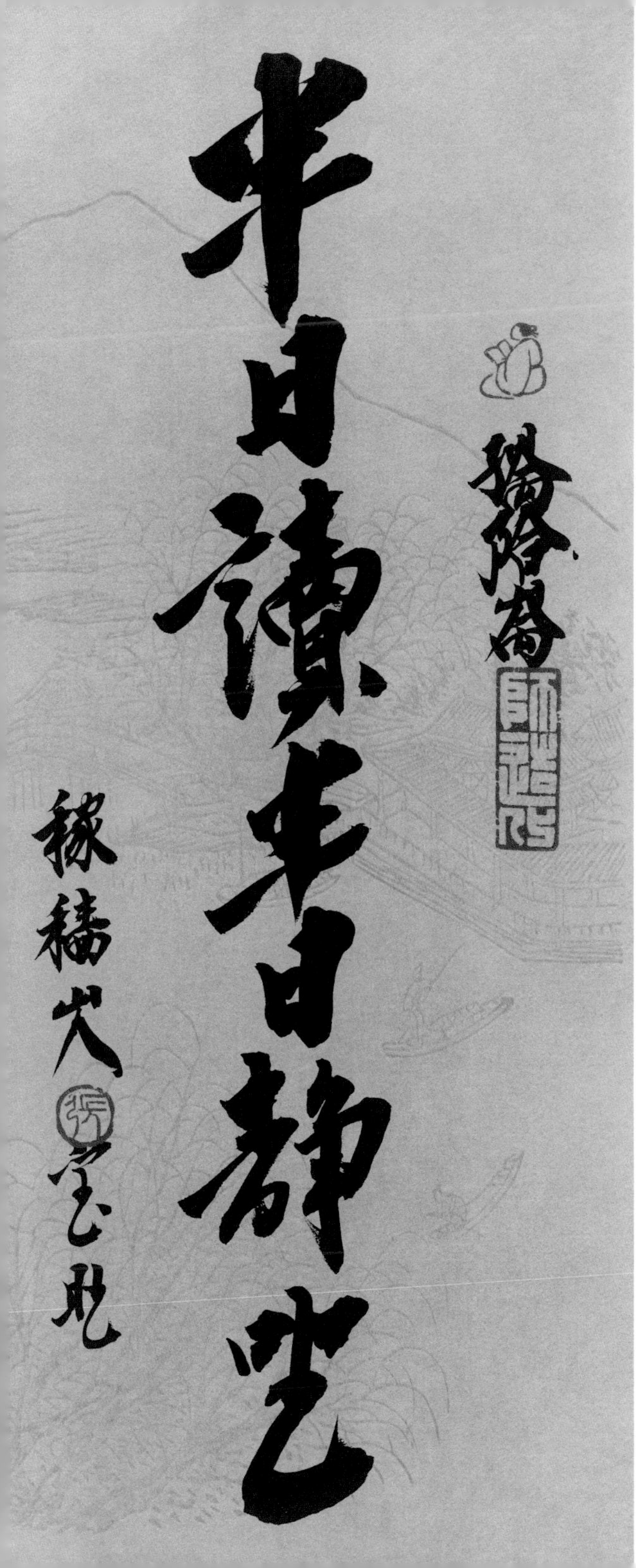

名称：半日读半日静坐
材质：纸本水墨
年份：二〇二四

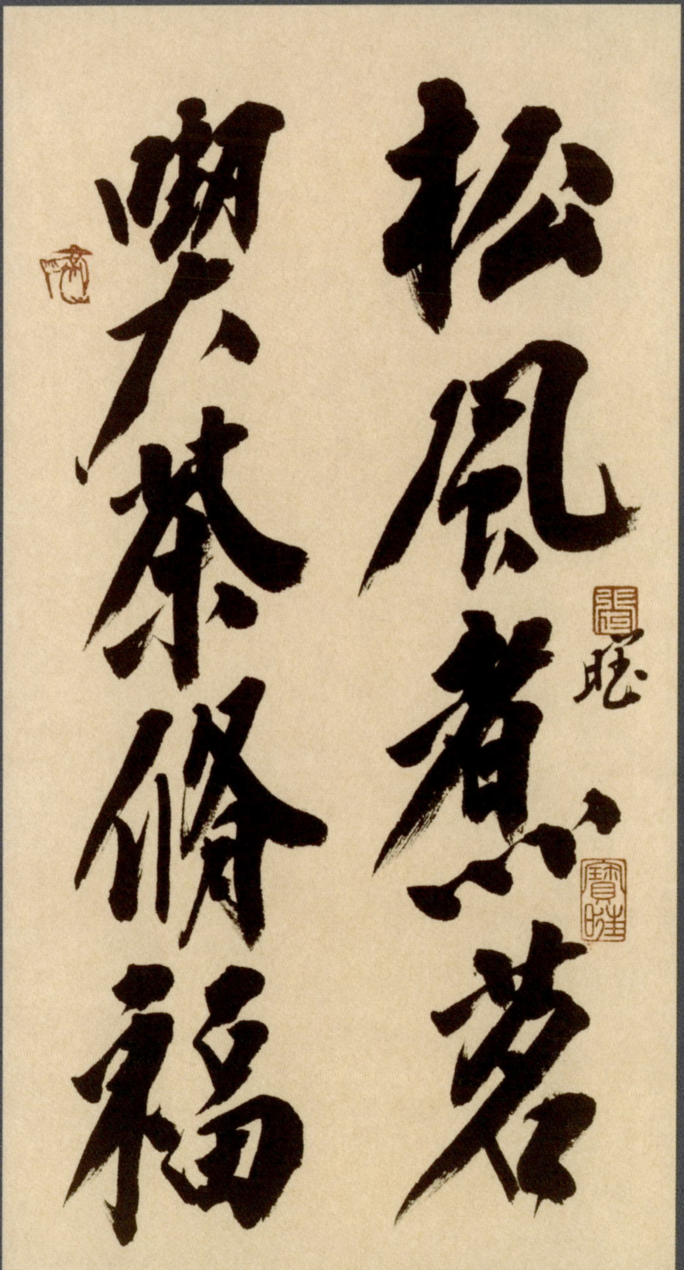
松風煮茗

▶ 名称：松风吃茶
材质：纸本水墨
年份：二〇二四

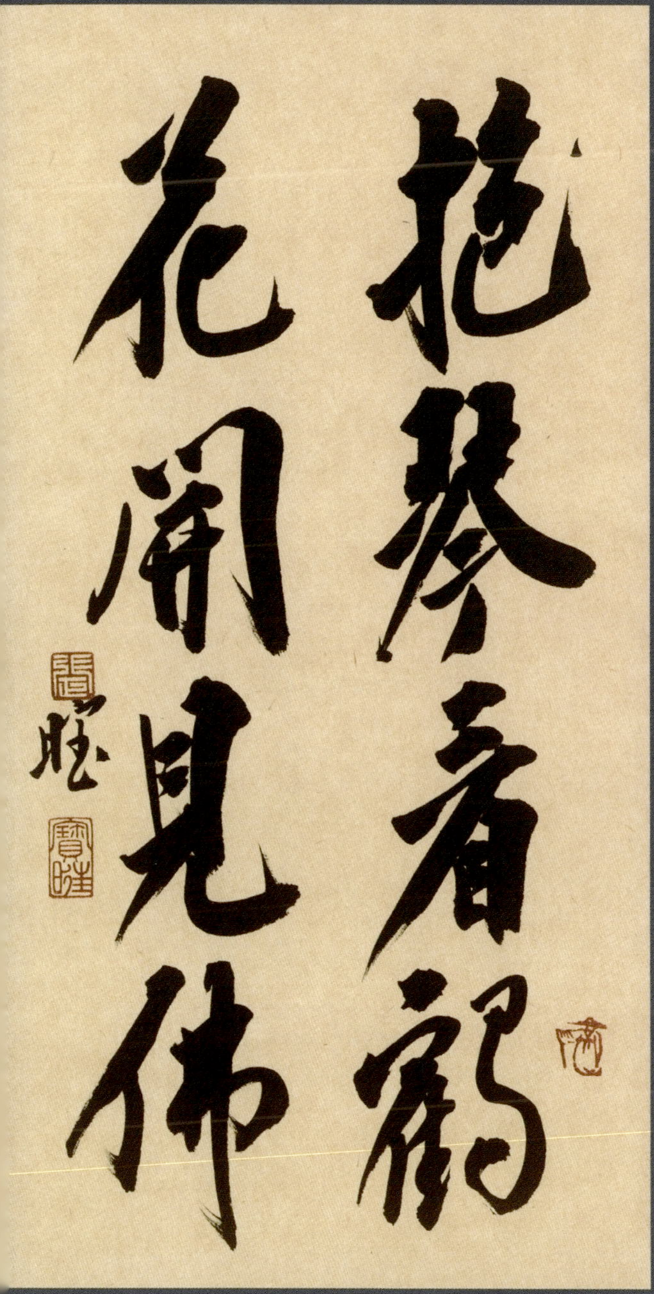

名称：抱琴花开
材质：纸本水墨
年份：二〇二四

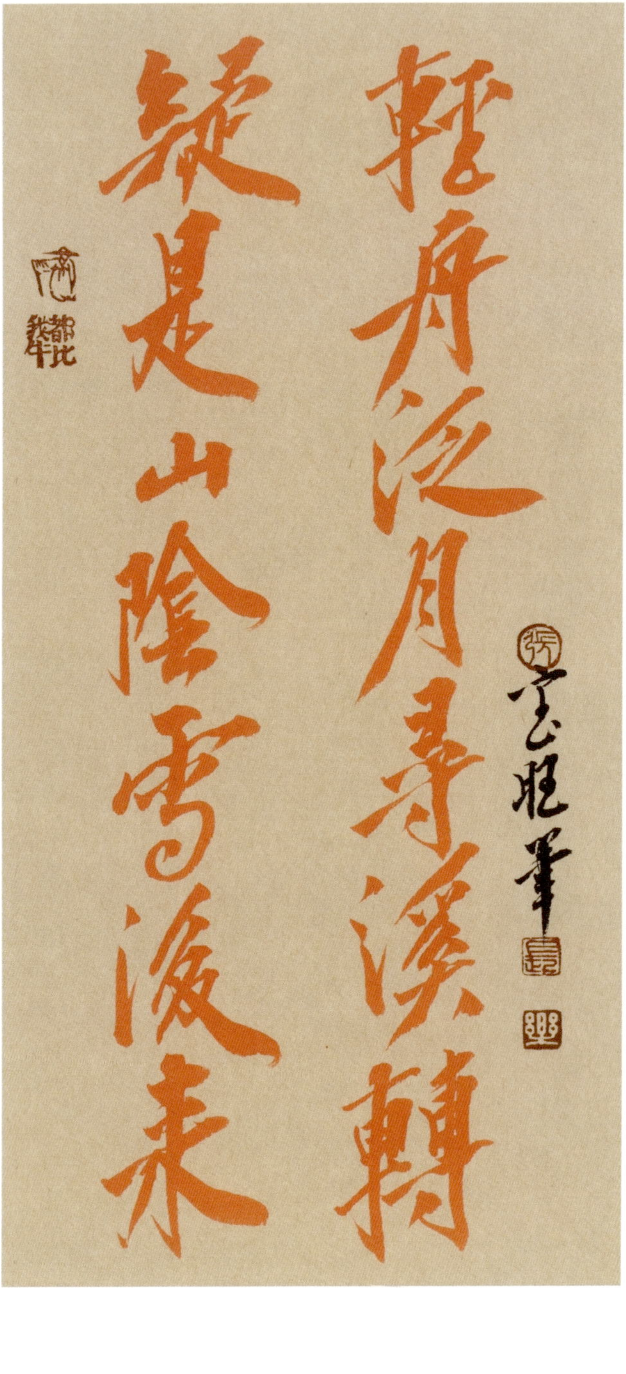
輕舟泛月尋溪轉
疑是山陰雪後來

▶ 名称：轻舟泛月
材质：纸本朱砂
年份：二〇二四

名称：开卷有益
材质：纸本朱砂
年份：二〇二三

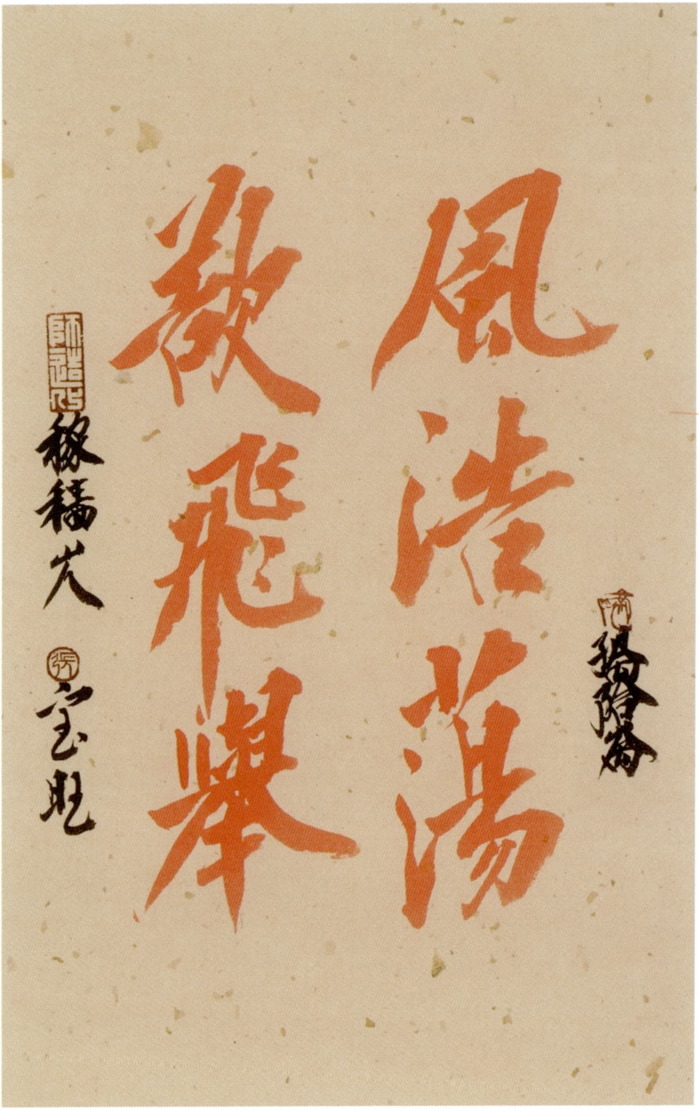

名称：风浩荡欲飞举

材质：纸本朱砂

年份：二〇二四

風浩蕩
欲飛舉

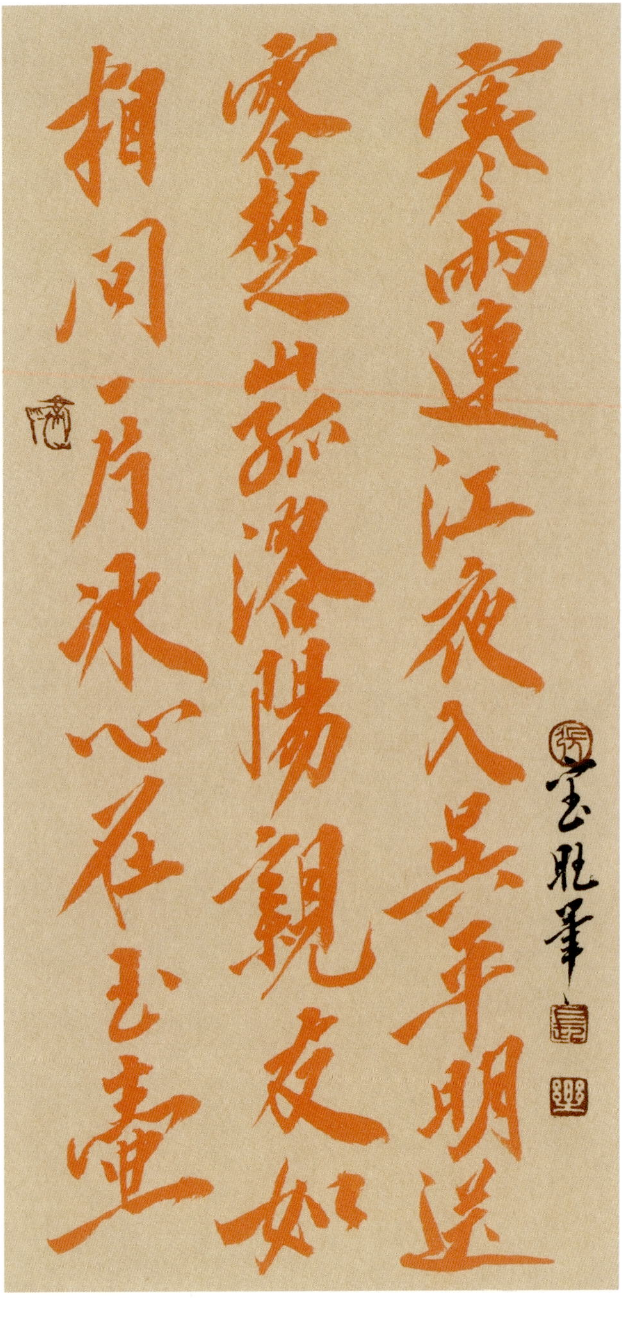
寒雨連江夜入吴平明送
客楚山孤洛陽親友如
相問一片冰心在玉壺

▶
名称：冰心玉壶
材质：纸本朱砂
年份：二〇二四

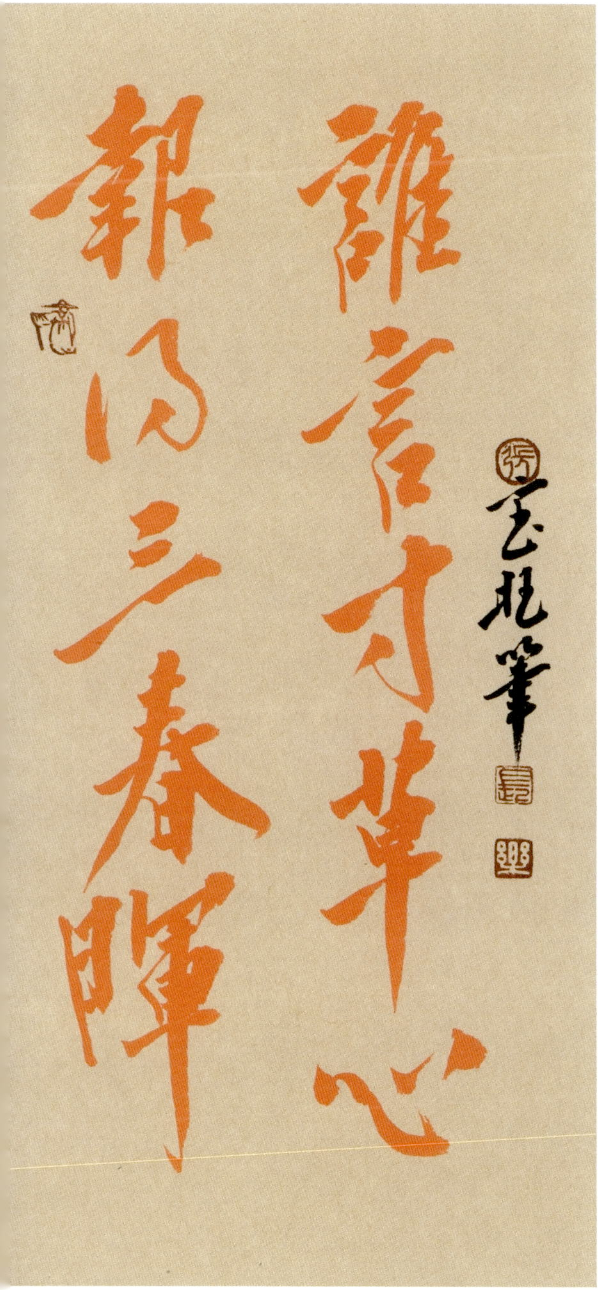

名称：寸草心
材质：纸本朱砂
年份：二〇二四

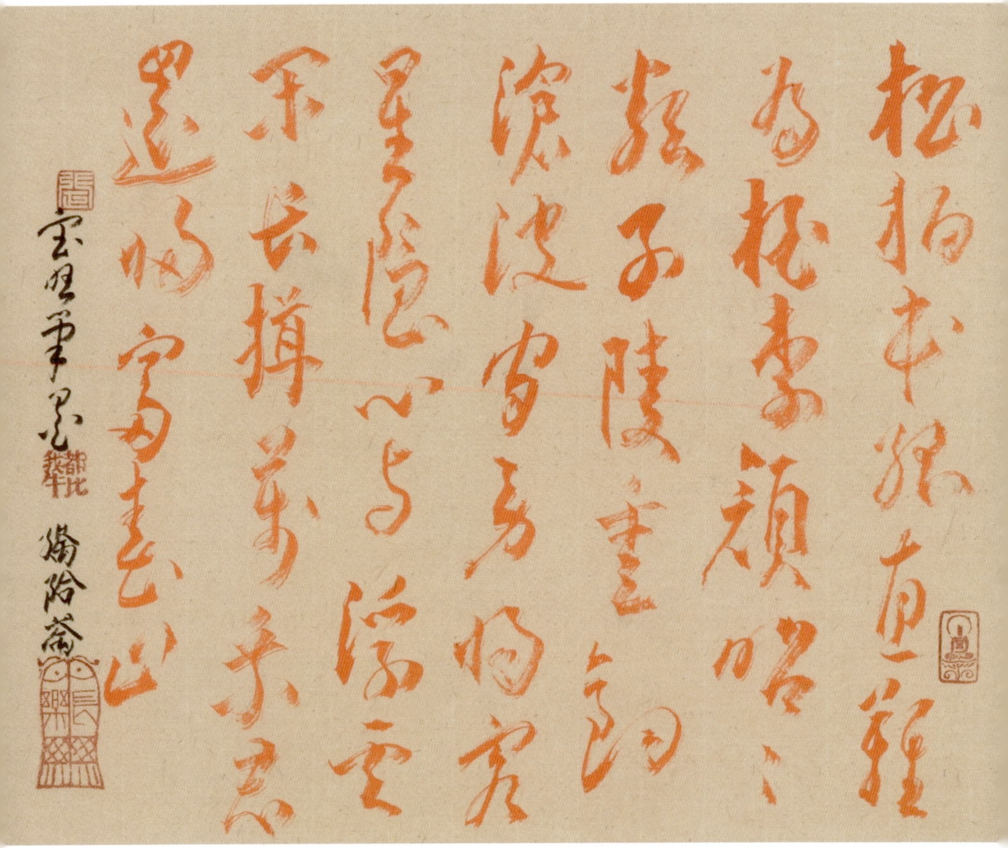

名称：古风·十二

材质：纸本朱砂

年份：二〇二一

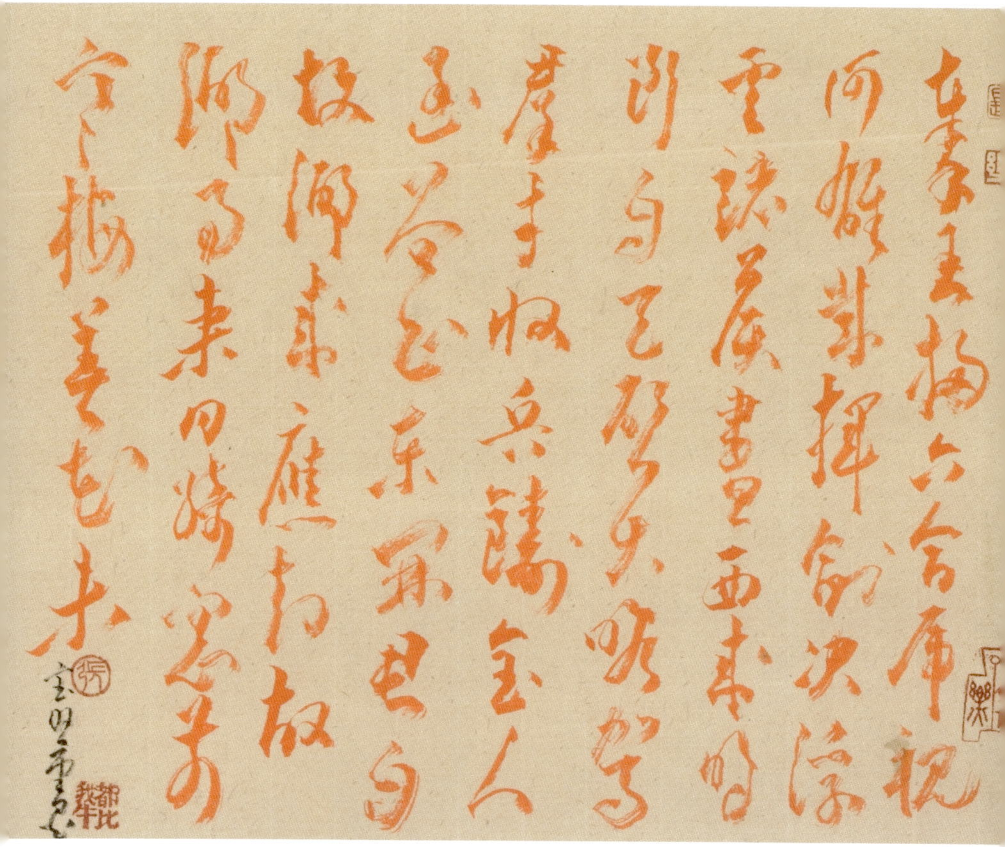

名称：秦王扫六合

材质：纸本朱砂

年份：二〇二一

秋色從西來蒼然滿關中五陵北原上萬古青濛濛
弘古為師

秋色從
來蒼
弘古為師

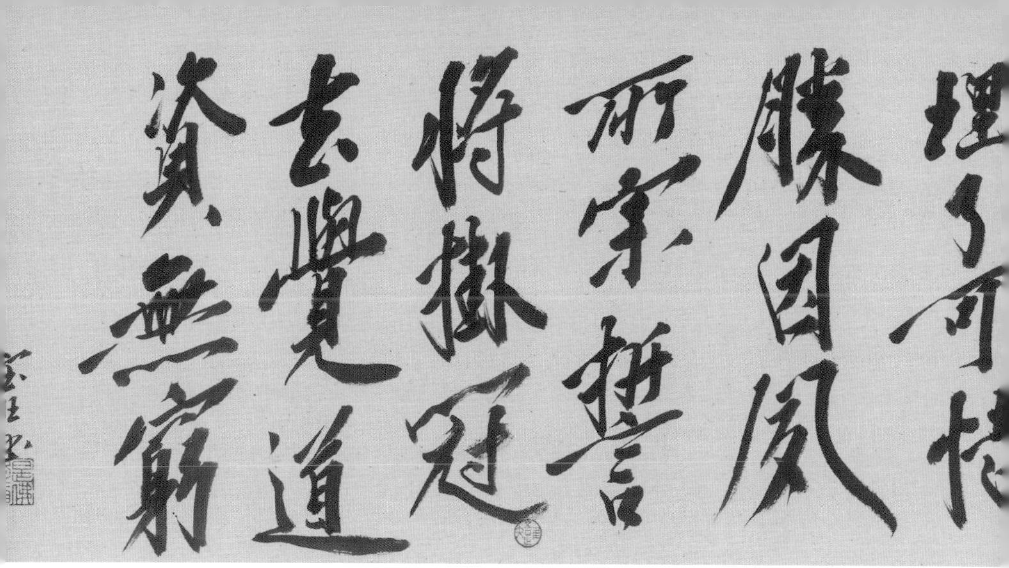

名称：岑参诗

材质：纸本水墨

年份：二〇二一

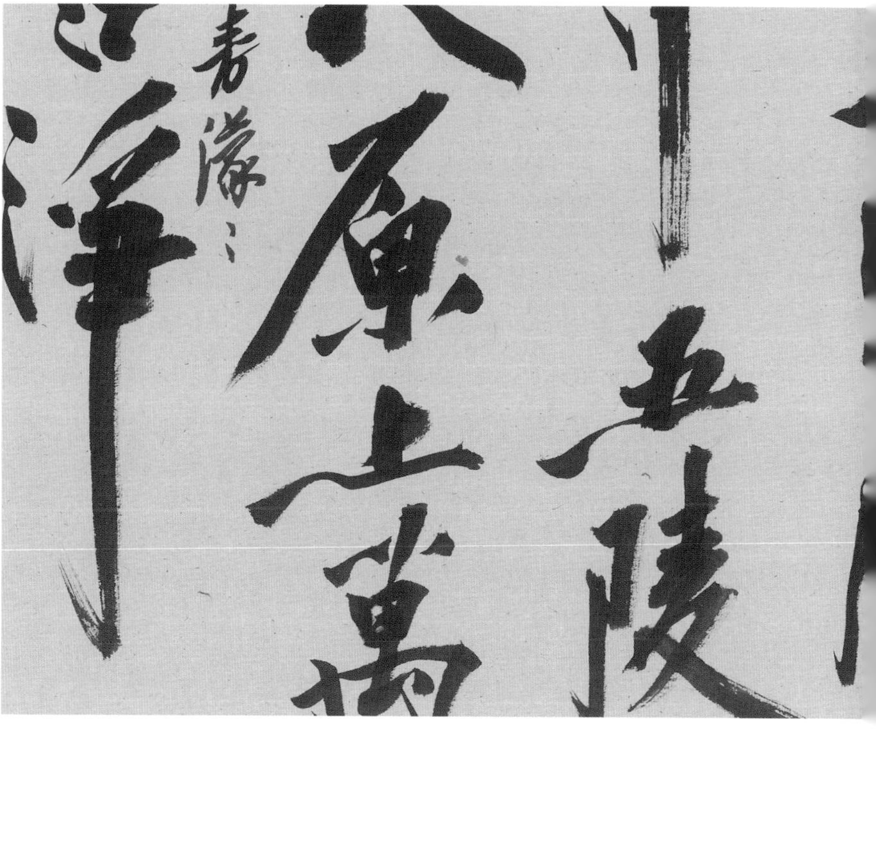

池荷雨淺衣香紀
庭草春深綬帶長

▶ 名称：池荷庭草
材质：纸本朱砂
年份：二〇二四

名称：碧玉清风
材质：纸本朱砂
年份：二〇二四

竹露松風蕉葉雨
茶煙琴韻讀書聲

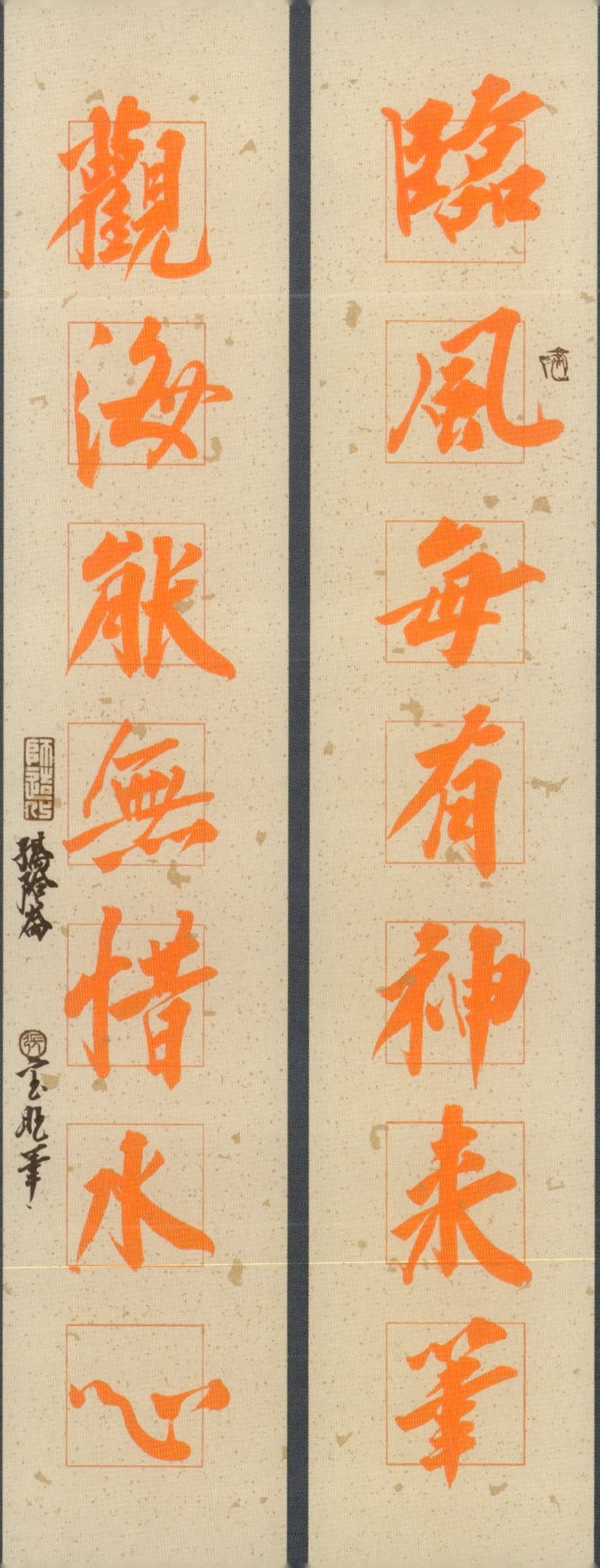

▶ 名称：竹露茶烟
材质：纸本水墨
年份：二〇二三

名称：临风观海
材质：纸本朱砂
年份：二〇二四

微風覺若山前起
大月知從海上來

▶名称：微风大月
材质：纸本朱砂
年份：二〇二四

名称：笔砚苔矶
材质：纸本水墨
年份：二〇二四

名称：积健为雄
材质：纸本水墨
年份：二〇二三

名称：蜗角蝇头
材质：纸本水墨
◀ 年份：二〇二一

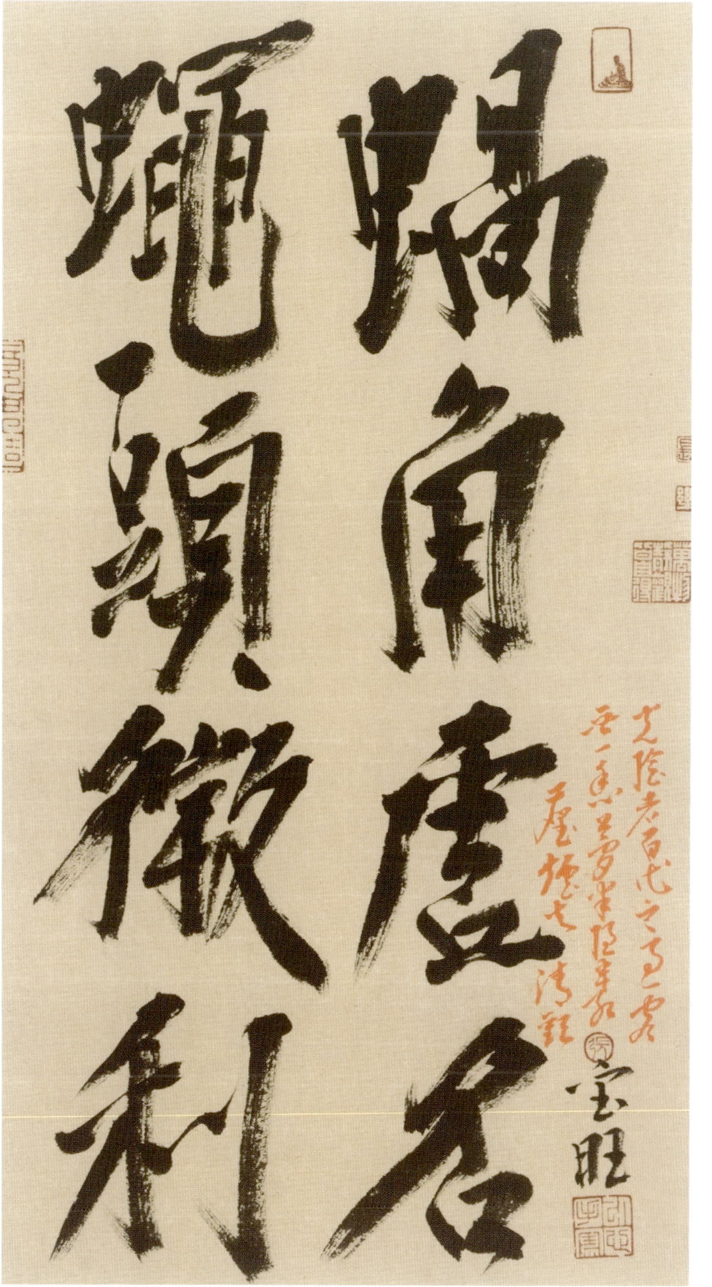
蜗角虚名
蝇头微利

名称：谢无量长联

材质：纸本水墨

年份：二〇二四

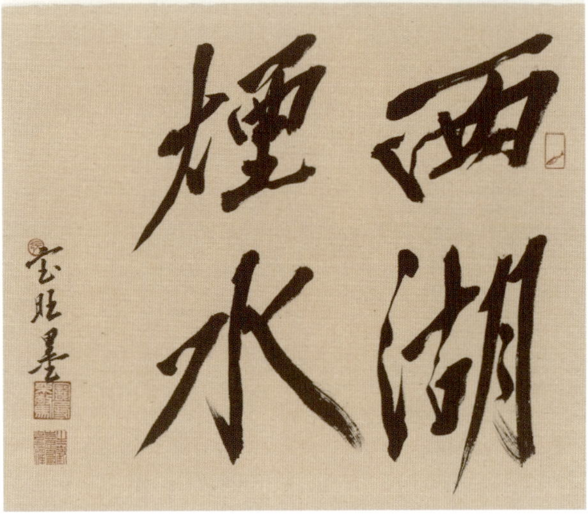

名称：西湖烟水

材质：纸本水墨

年份：二〇二一

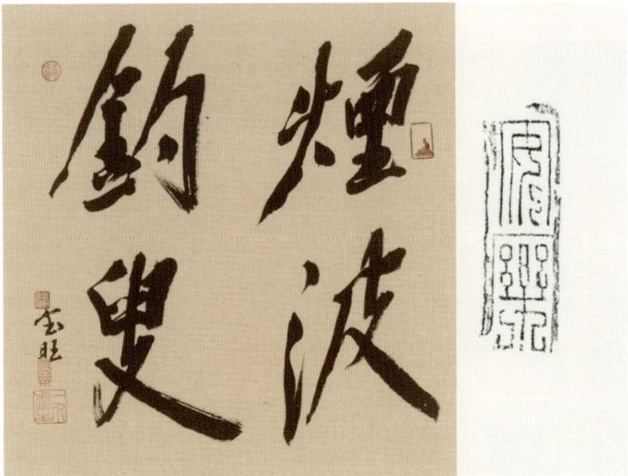

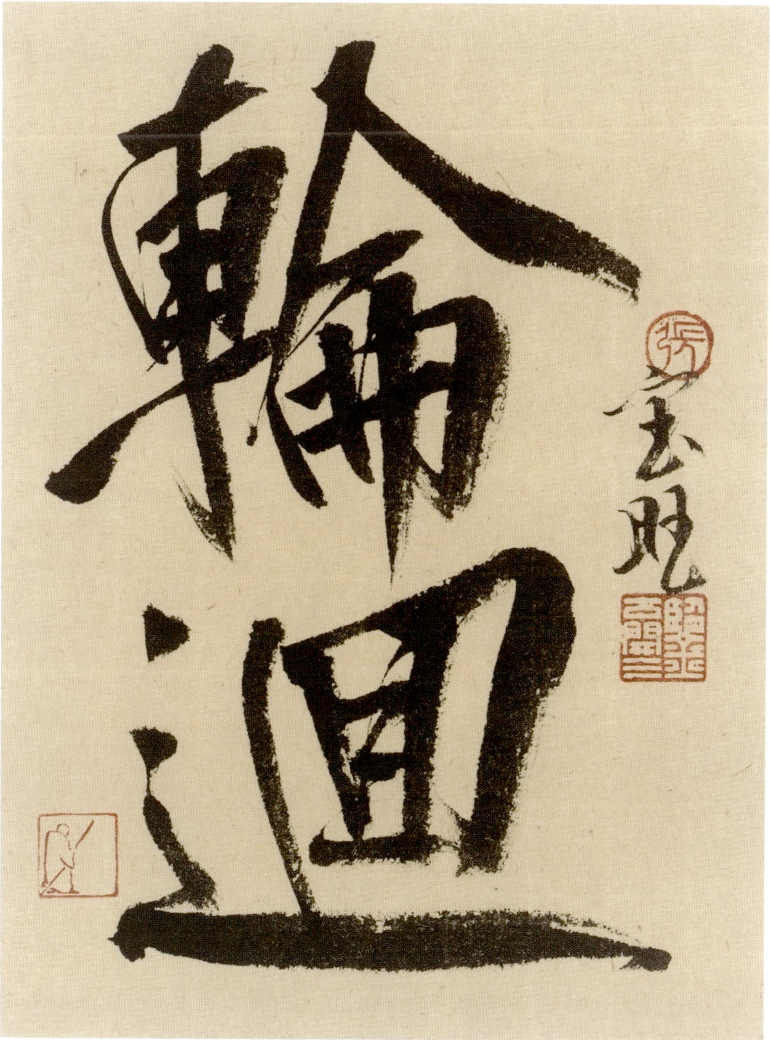

名称：轮回

材质：纸本水墨

年份：二〇二三

名称：烟波钓叟 ▶

材质：纸本水墨

年份：二〇二一

逍遥游

▶ 名称：逍遥游

材质：纸本水墨

年份：二〇二四

名称：与时舒卷

材质：纸本水墨

年份：二〇二二

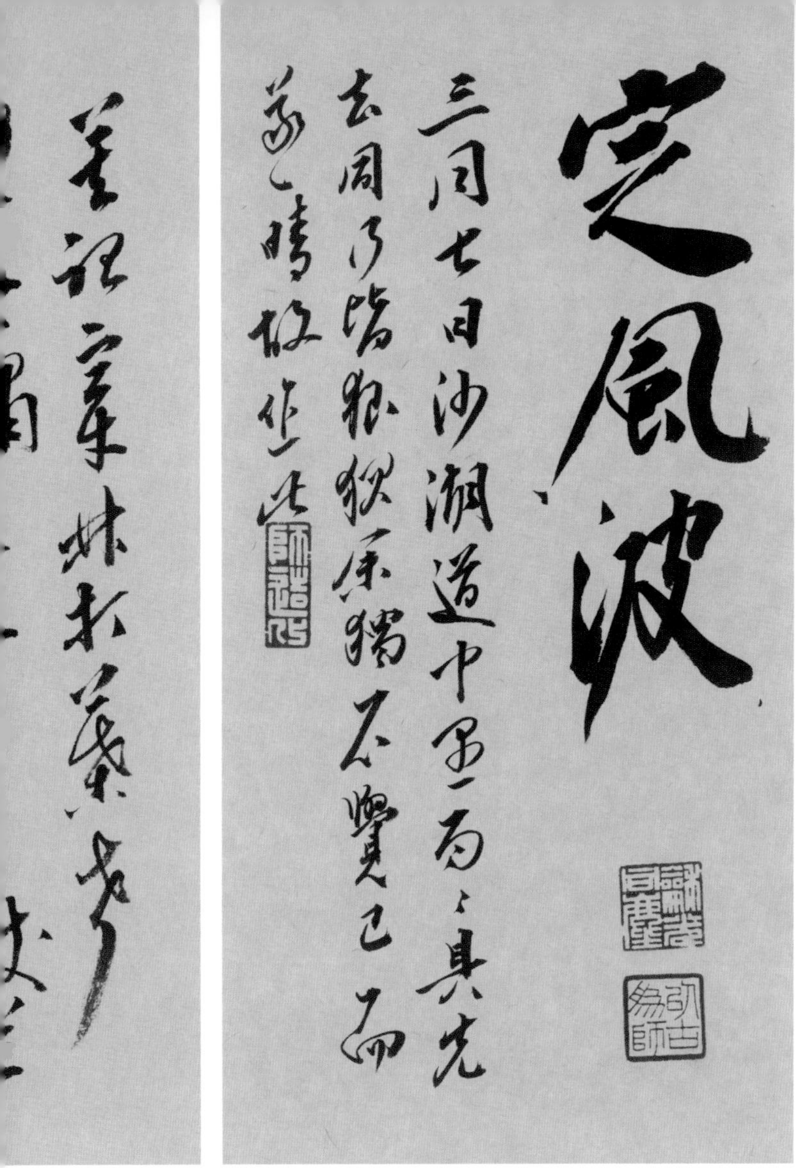
定風波
三月七日沙湖道中遇雨、具先
去同行皆狼狽余獨不覺已而
遂晴故作此
莫聽穿林打葉聲

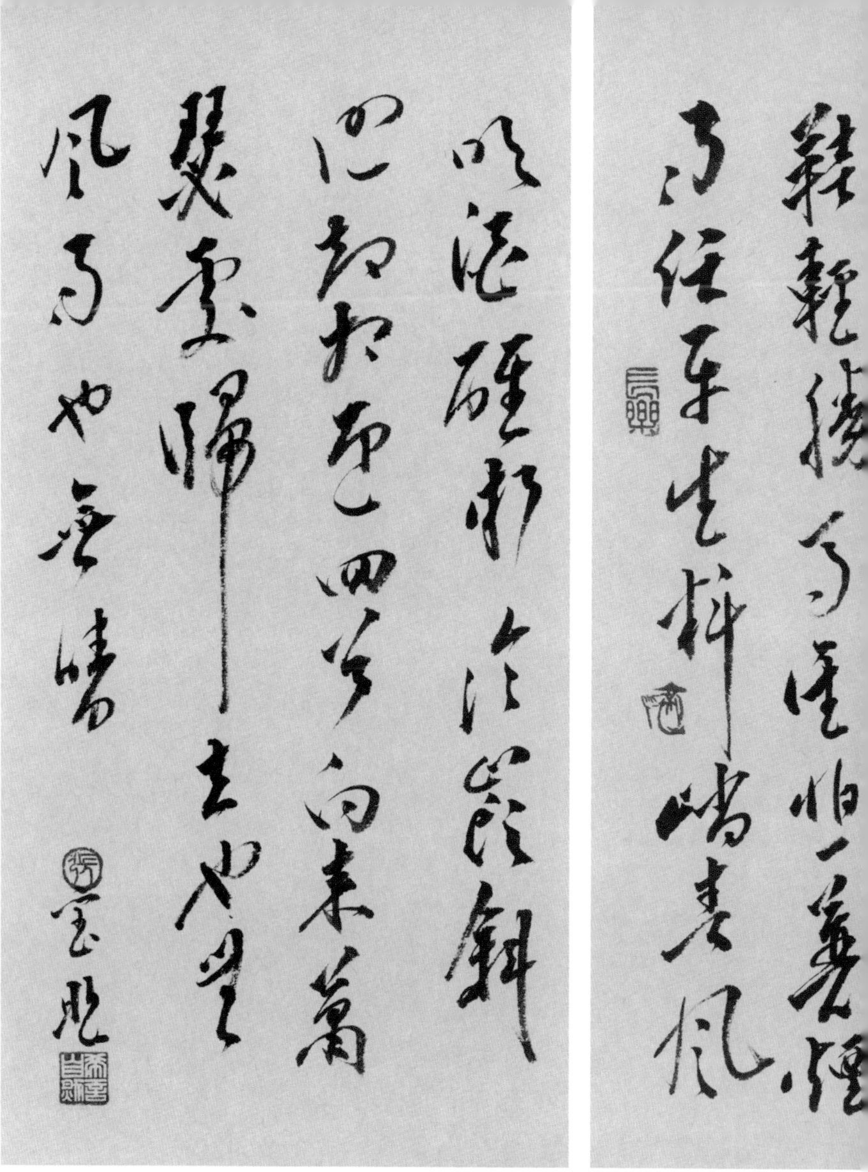

名称：定风波

材质：纸本水墨

年份：二〇二四

名称：醉归
材质：纸本水墨
年份：二〇二三

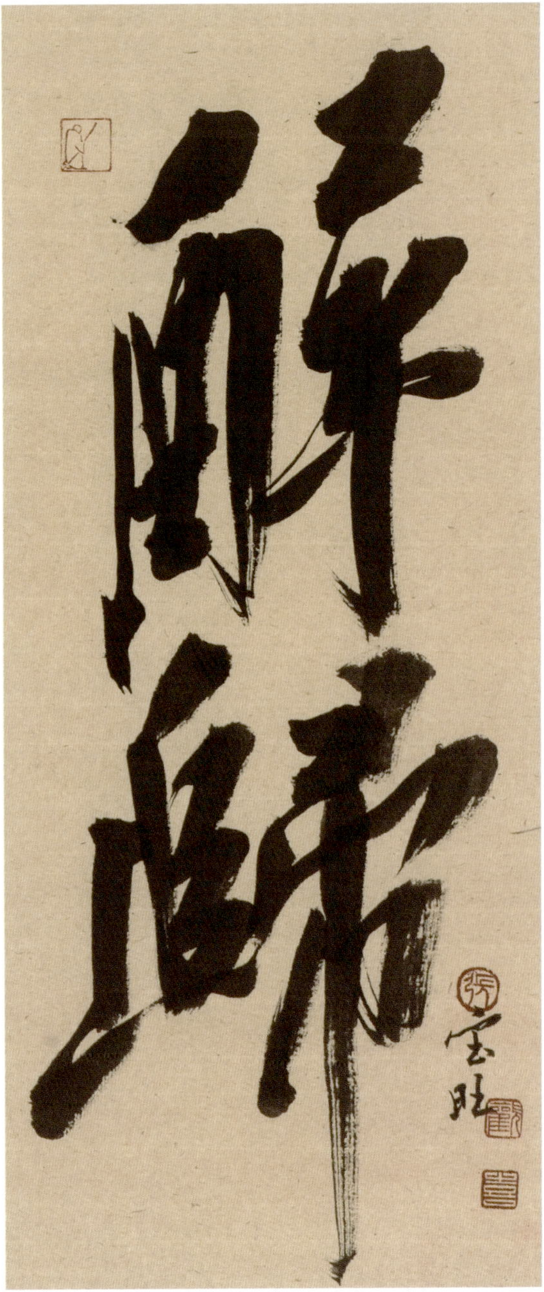

名称：青牛黄鹤
材质：绢本水墨
年份：二〇二三

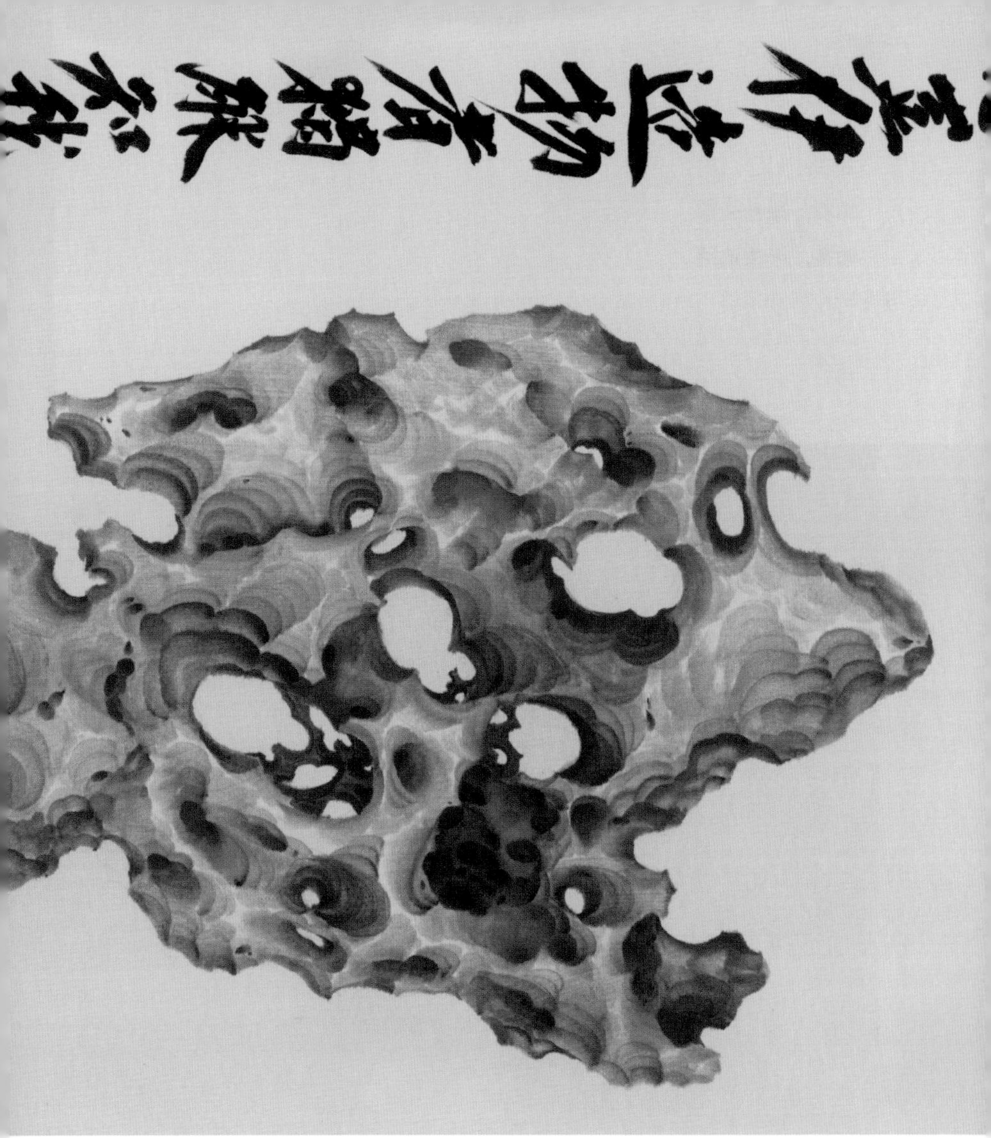

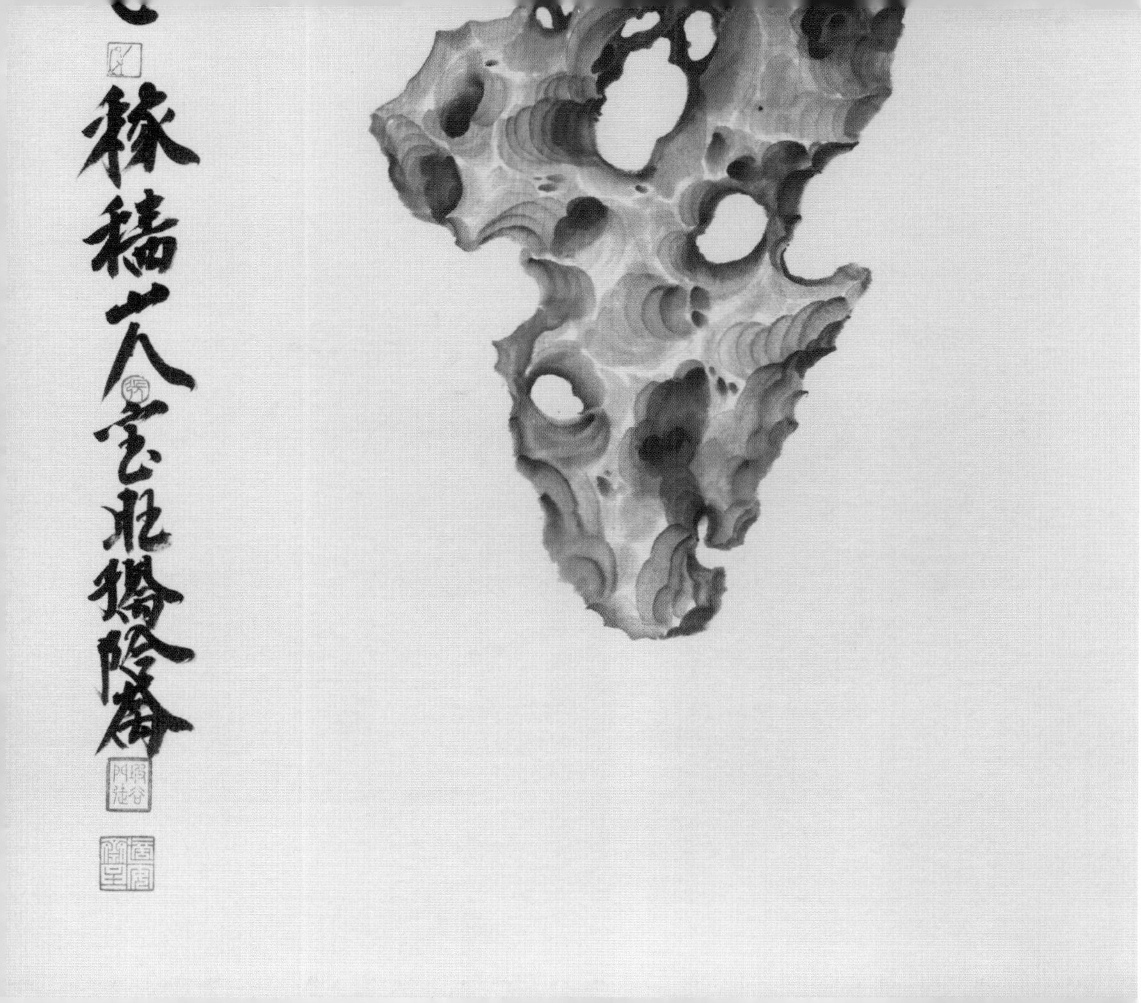

名称：寄怀楚泽图

材质：绢本水墨

年份：二〇二四

名称：一颗微尘三千界

材质：绢本水墨

年份：二〇二三

名称：我来问道图

材质：绢本水墨

年份：二〇二四

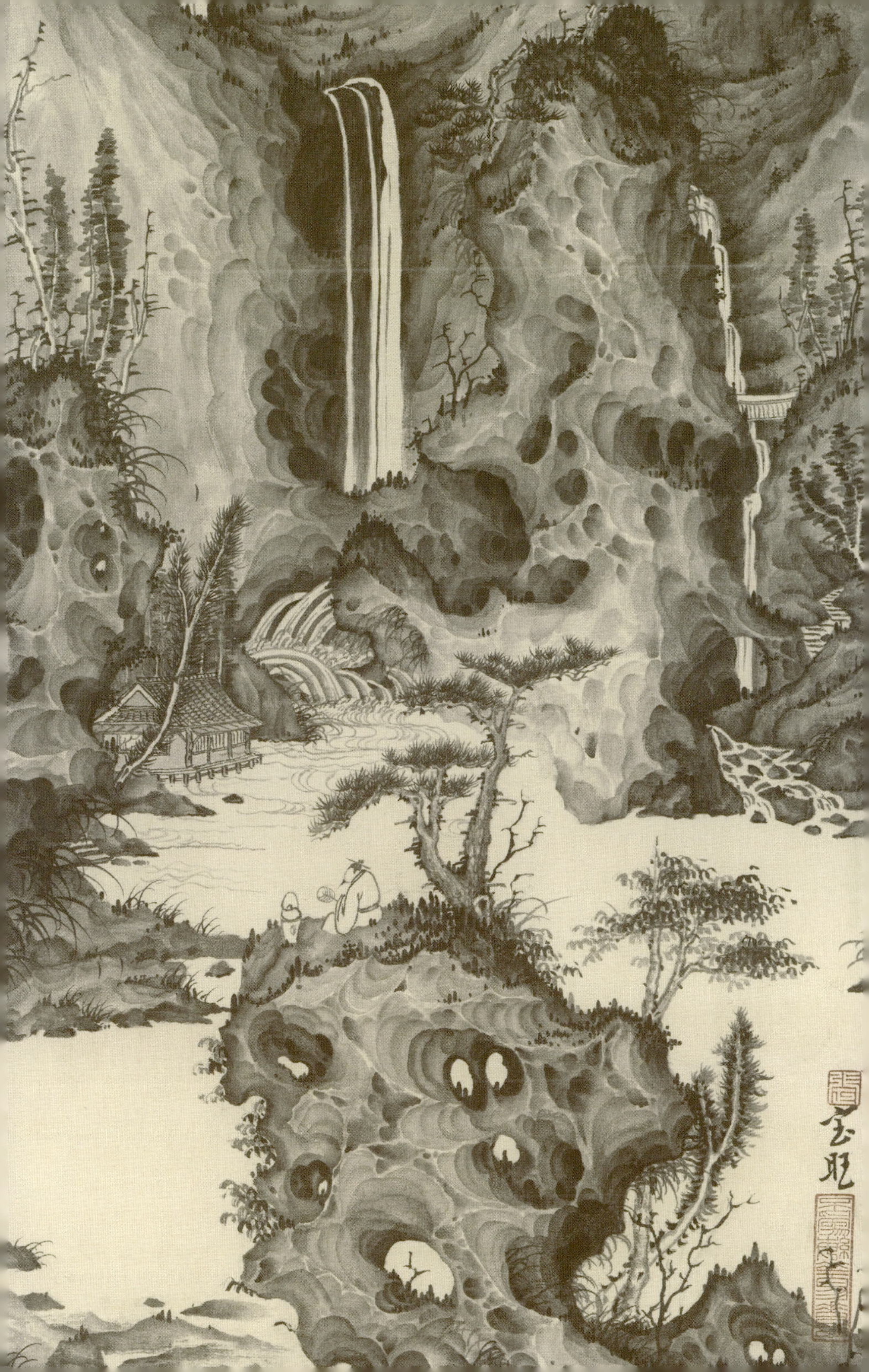

名称：景秀清旷图
材质：绢本水墨
年份：二〇二四

漁舟讀書

名称：渔舟读书图 ▶

材质：绢本水墨

年份：二〇二三

名称：携琴访友图

材质：绢本水墨

年份：二〇二三

名称：莫听穿林打叶图
材质：绢本水墨
年份：二〇二三

名称：山静太古图 ▶
材质：绢本水墨
年份：二〇二三

名称：九万里悟道图

材质：绢本水墨

年份：二〇二四

名称：清客清风图

材质：绢本水墨

年份：二〇二四

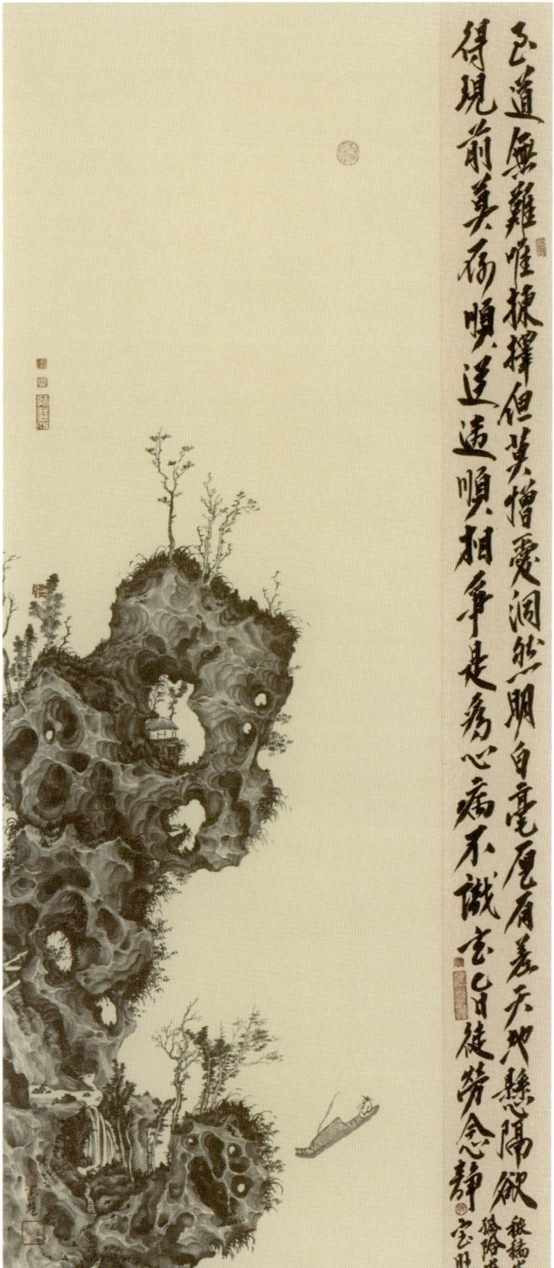

名称：至道无难图
材质：绢本水墨
年份：二〇二四

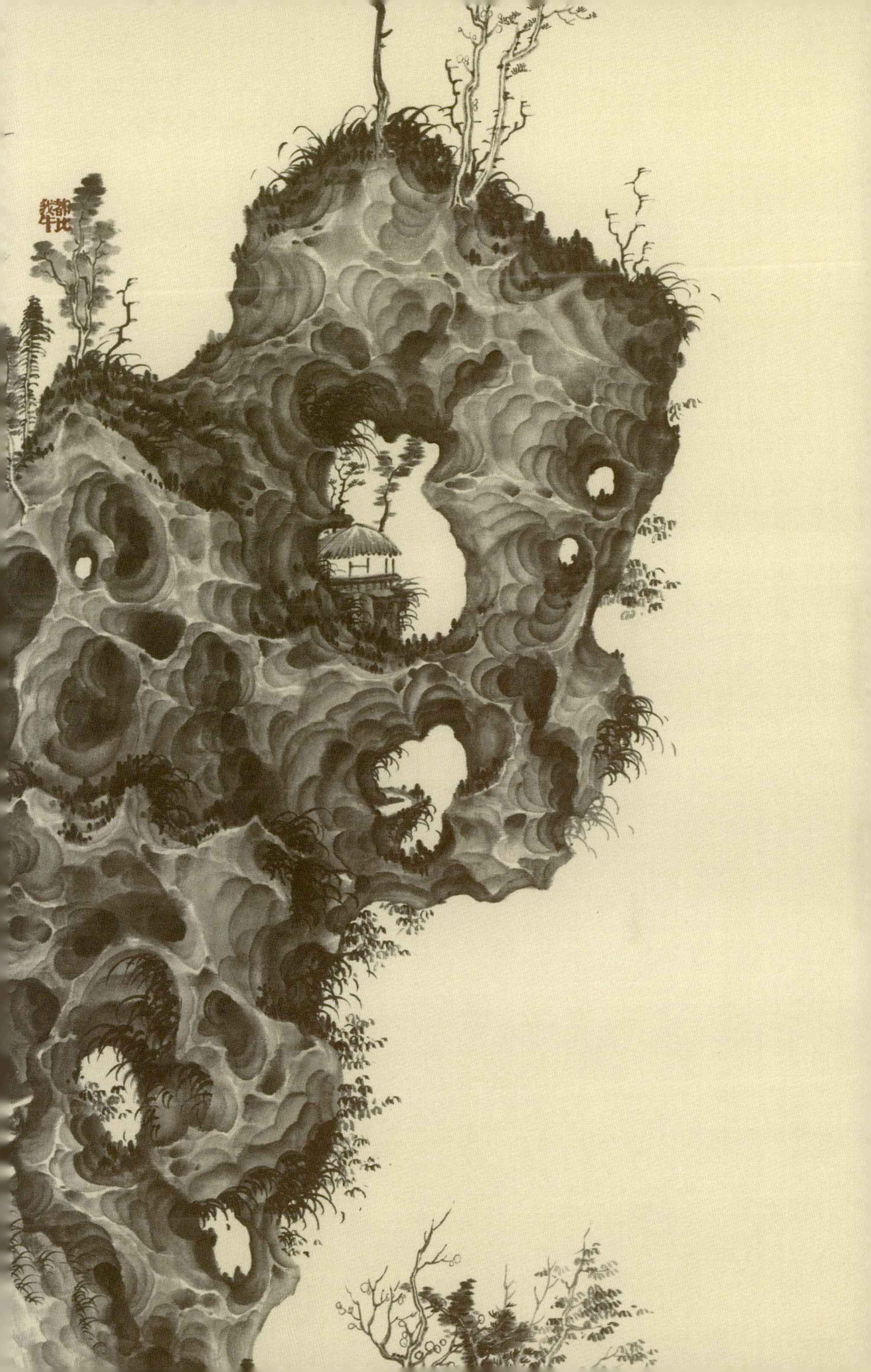

名称：君子山水图

材质：绢本水墨

年份：二〇二四

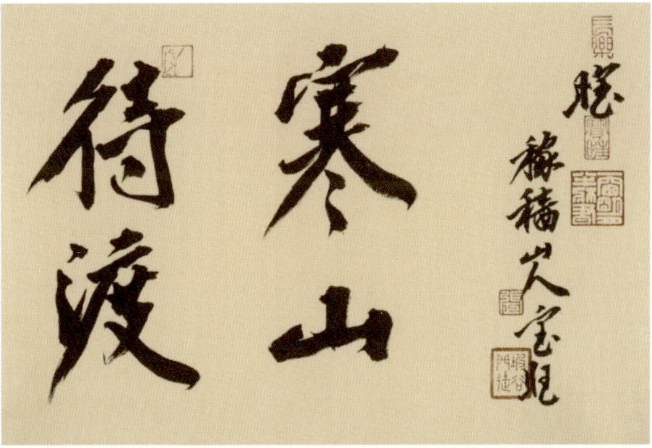

名称：寒山待渡图
材质：绢本水墨
年份：二〇二三

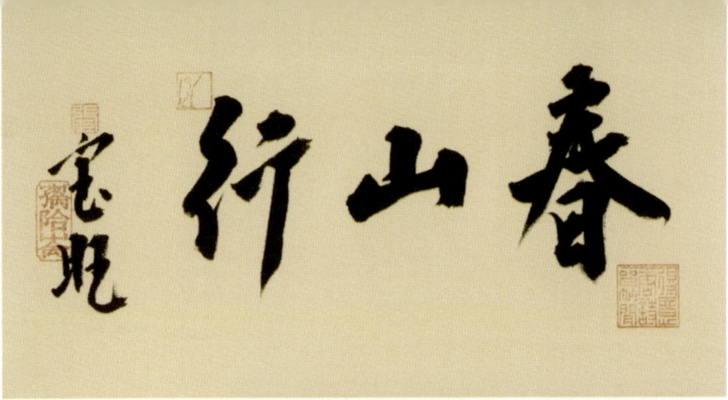

名称：春山行旅图

材质：绢本水墨

年份：二〇二三

名称：溪山行旅图
材质：绢本水墨、泼彩
年份：二〇二三

名称：观道舒怀图

材质：绢本水墨

年份：二〇二四

名称：独钓图

材质：绢本水墨

年份：二〇二四

名称：金绳宝筏图

材质：绢本水墨

年份：二〇二四

◀ 名称：松风图
材质：绢本水墨
年份：二〇二四

名称：晨起图
材质：绢本水墨
年份：二〇二二

松風入境且從容

名称：林泉高致图

材质：绢本水墨

年份：二〇二四

名称：云水图
材质：绢本水墨
年份：二〇二四

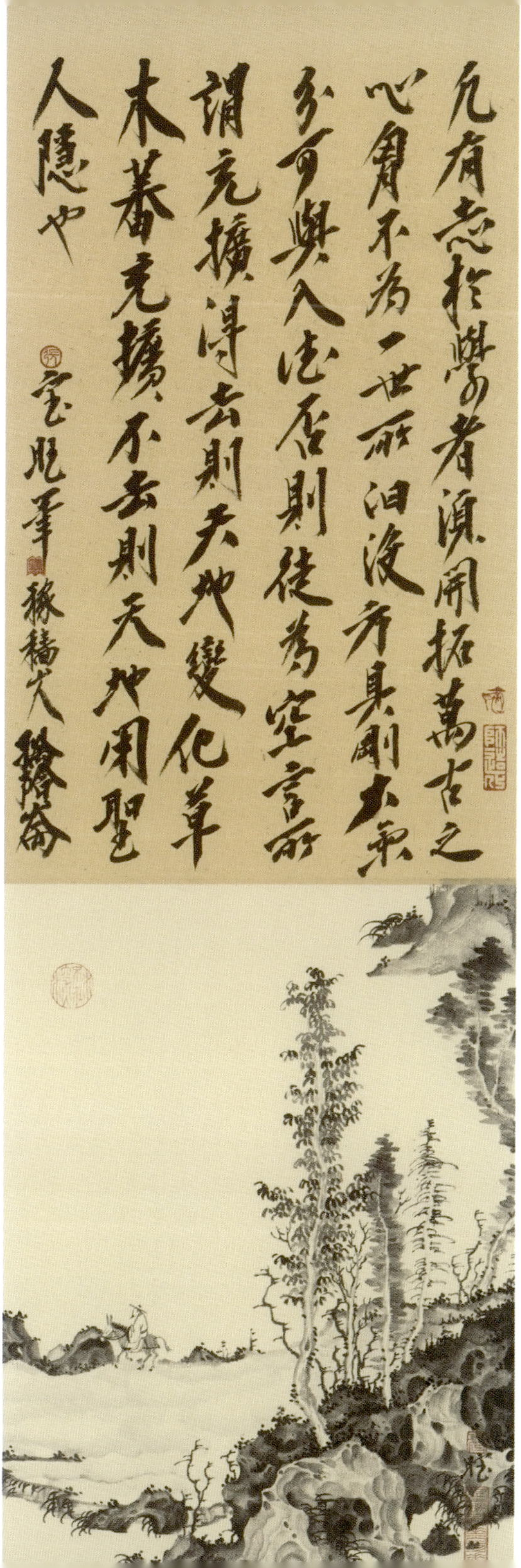

名称：有志图

材质：绢本水墨

年份：二〇二四

名称：虚怀若谷图

材质：绢本水墨

年份：二〇二三

名称：三清图

材质：绢本水墨

年份：二〇二三

名称：静观图
材质：绢本水墨
年份：二〇二四

名称：清韵图

材质：绢本水墨

年份：二〇二四

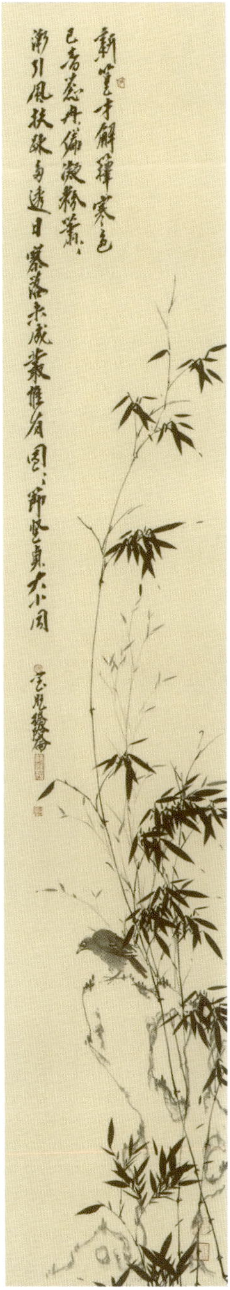

名称：新篁图

材质：绢本水墨

年份：二〇二四

名称：清高致远

材质：绢本水墨

年份：二〇二四

名称：有节虚谦

材质：绢本水墨

年份：二〇二四

名称：清风劲节

材质：绢本水墨、朱砂

年份：二〇二三

◀ 名称：美人滴泪

材质：绢本水墨

年份：二〇二一

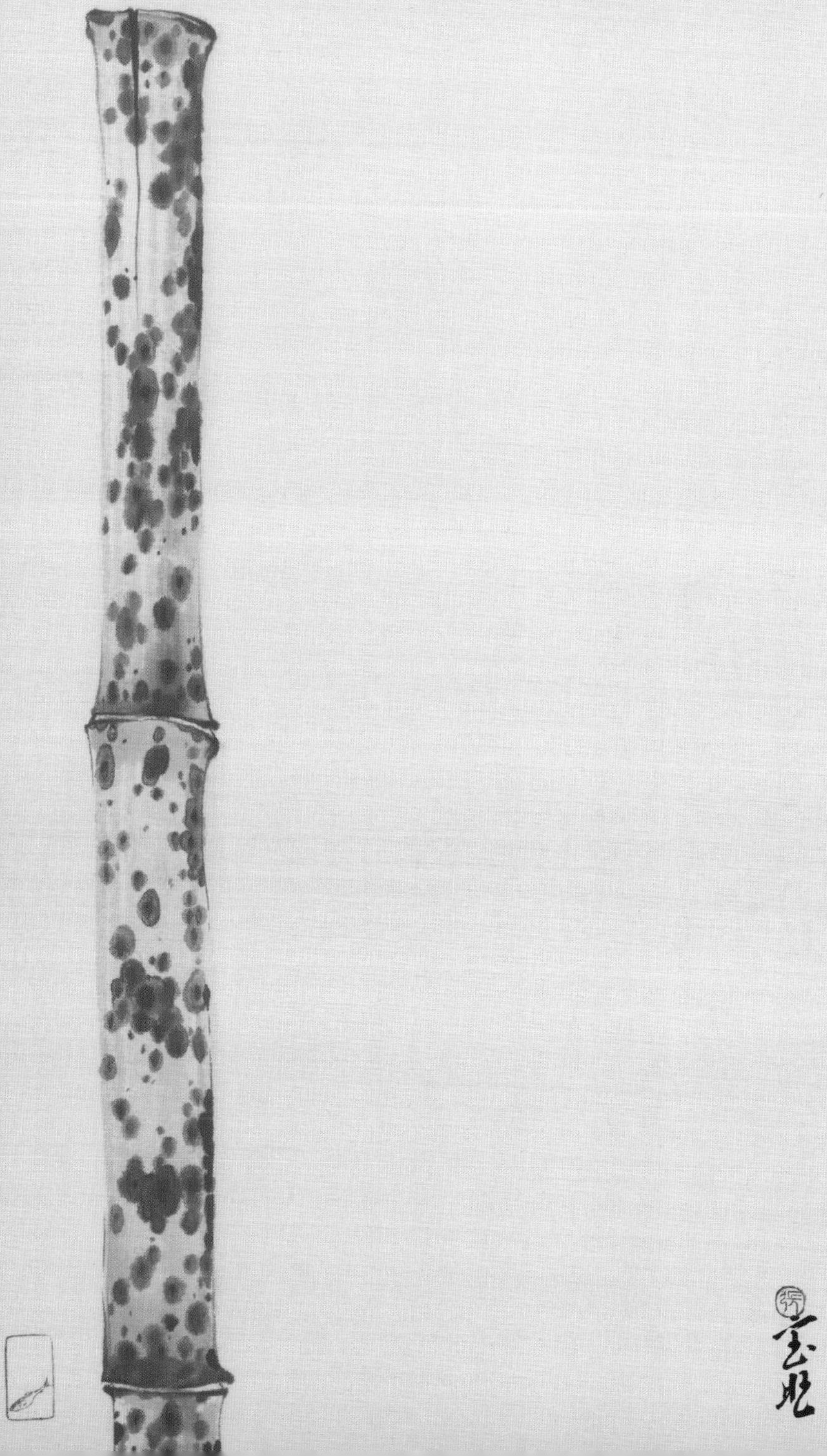

名称：鸿运当头

材质：绢本水墨、朱砂

年份：二〇二四

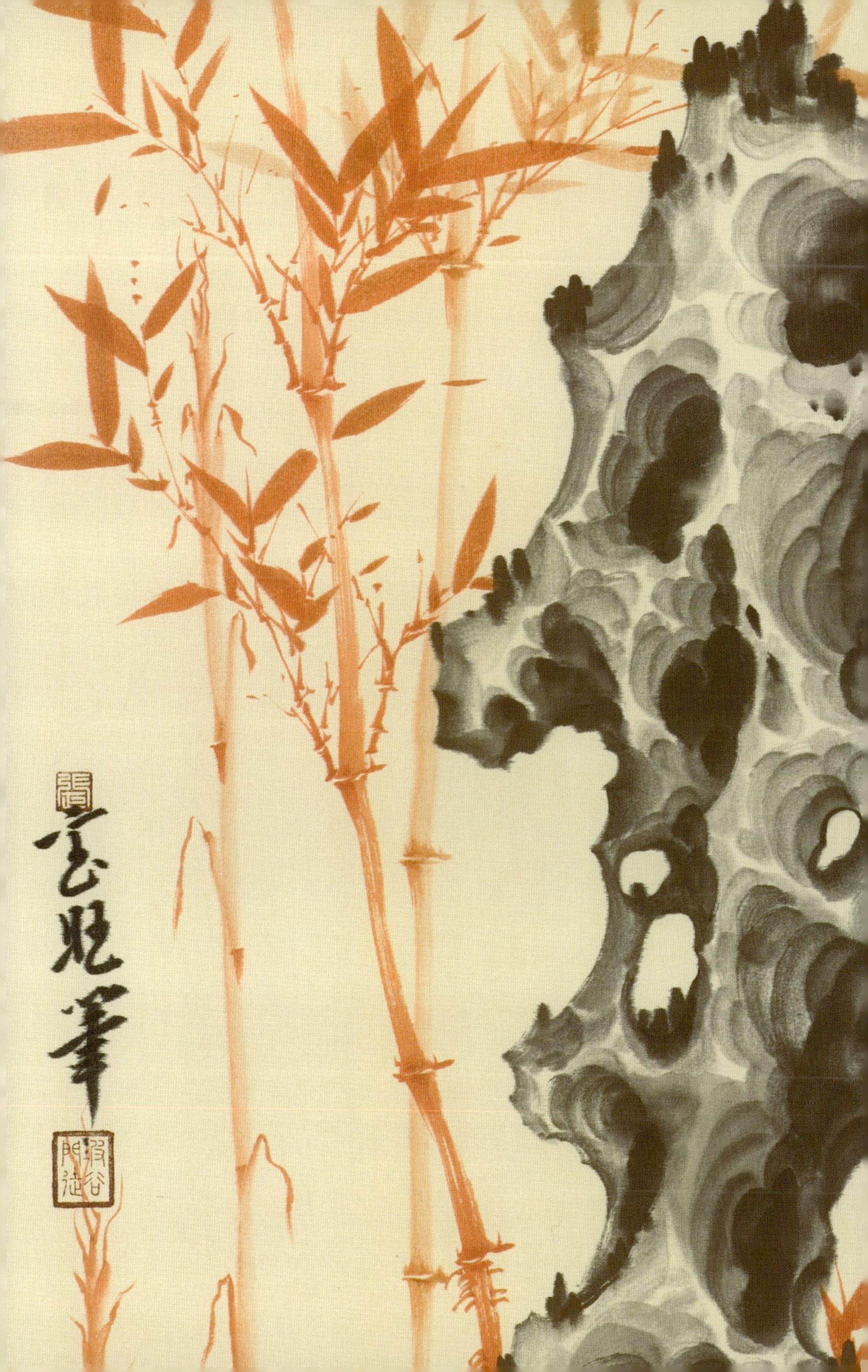

名称：淡泊纷华
材质：绢本水墨、朱砂
年份：二〇二四

名称：朱竹富贵

材质：绢本朱砂

年份：二〇二四

定風波

▶ 名称：定风波
材质：绢本水墨
年份：二〇二四

名称：月夜竹石图
材质：绢本水墨
年份：二〇二四

名称：风来疏竹
材质：绢本水墨、朱砂
年份：二〇二四

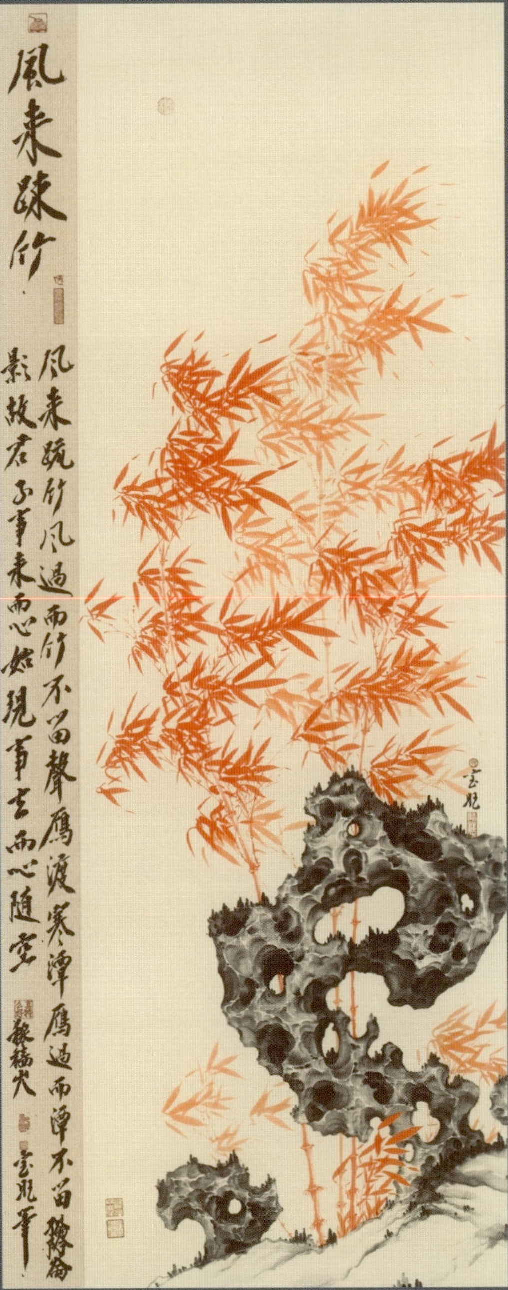

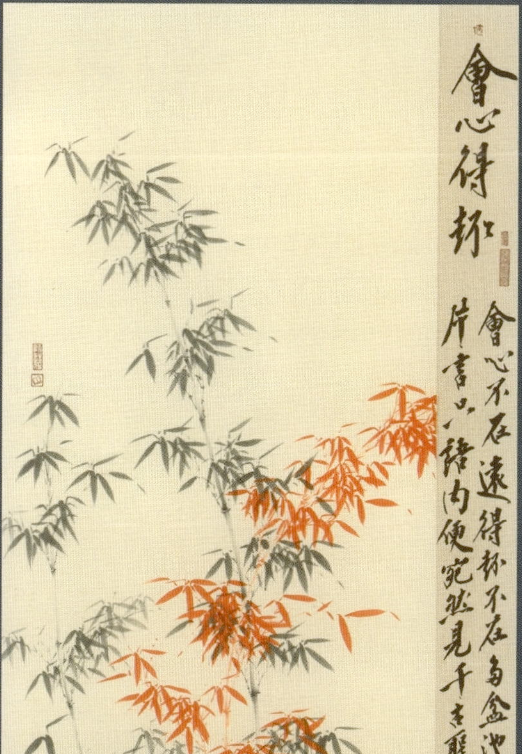

名称：会心得趣

材质：绢本水墨、朱砂

年份：二〇二四

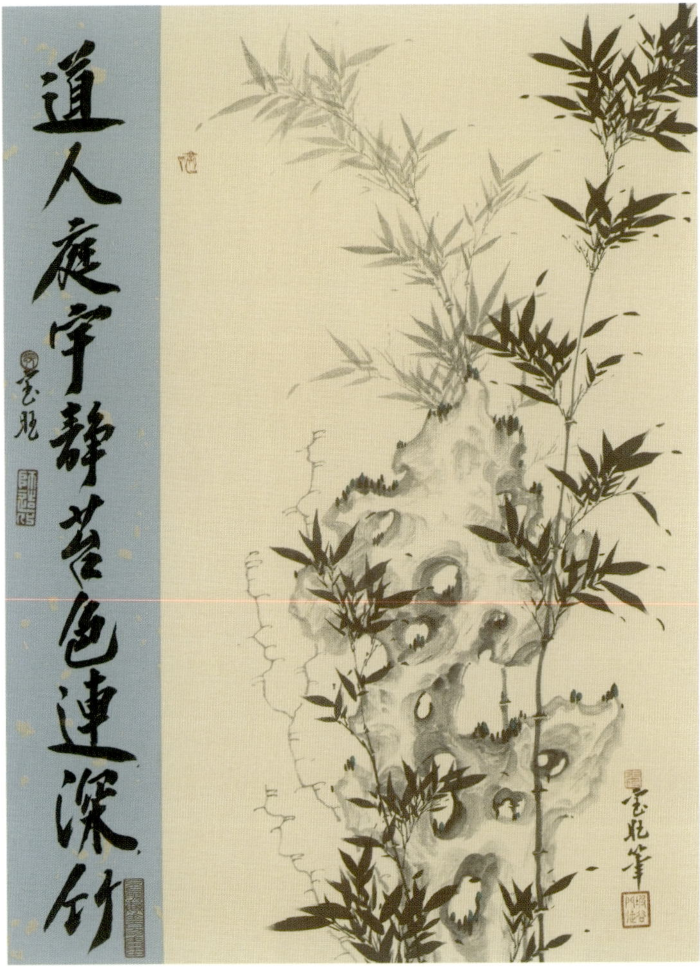

◀ 名称：三友图
材质：绢本水墨
年份：二〇二三

名称：苔色深竹
材质：绢本水墨
年份：二〇二四

名称：素心自然
材质：绢本水墨
年份：二〇二三

◀ 名称：约风为友
材质：绢本水墨
年份：二〇二四

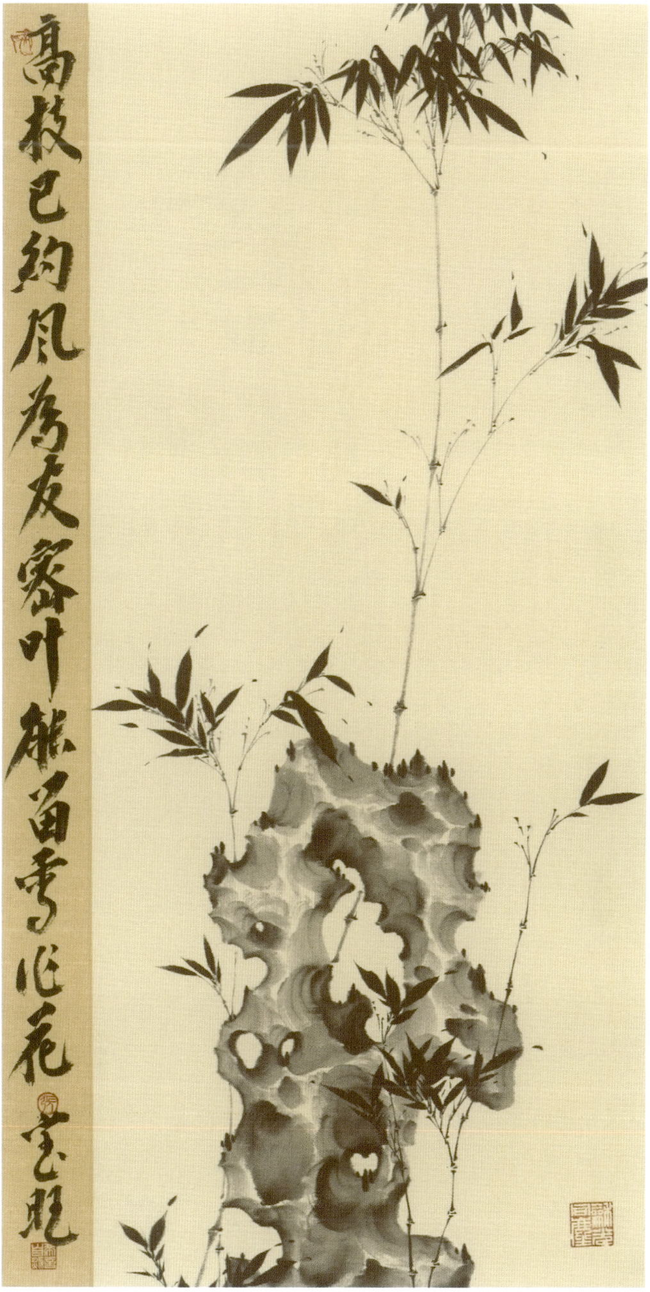
高枝已约风为友密叶能留雪作花

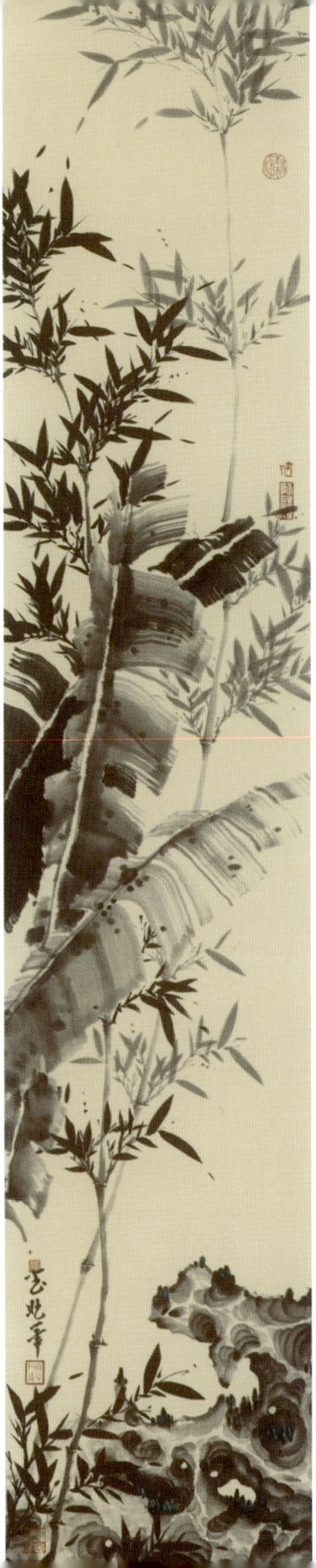

名称：园隅听雨

材质：绢本水墨

年份：二〇二四

名称：双清图

材质：绢本水墨

年份：二〇二四

名称：幽园深处
材质：绢本水墨
年份：二〇二四

名称：春竹图

材质：绢本朱砂

年份：二〇二四

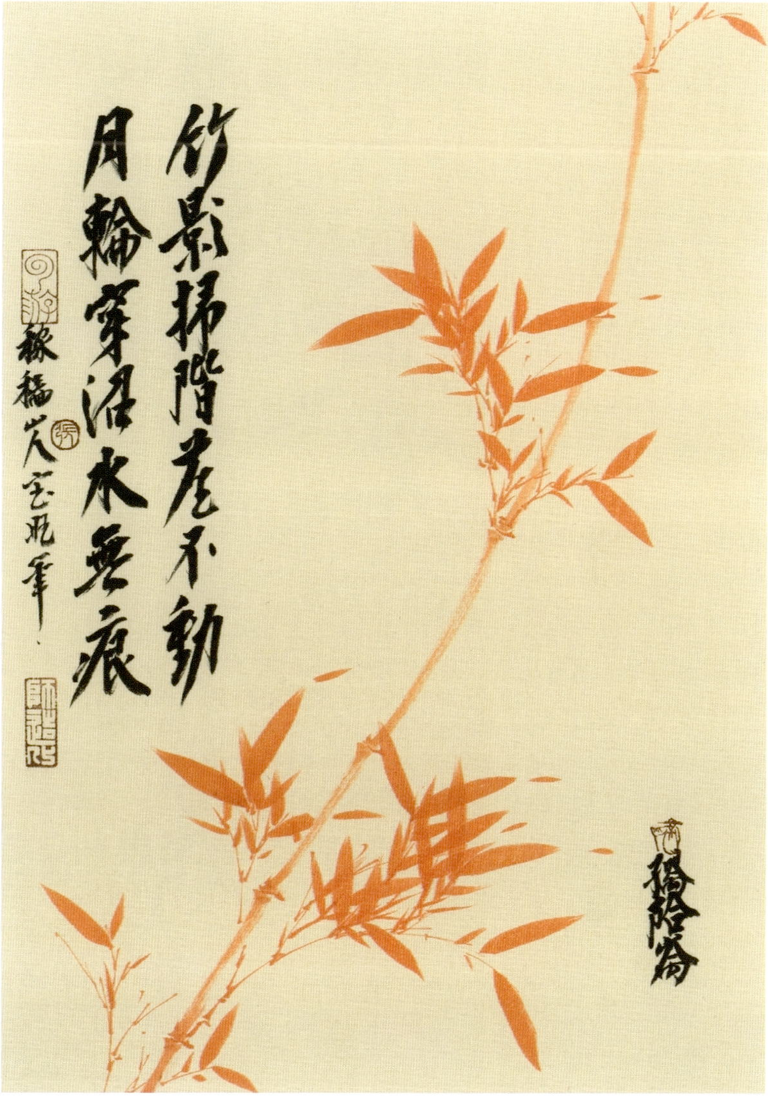

名称：竹影扫阶

材质：绢本朱砂

年份：二〇二四

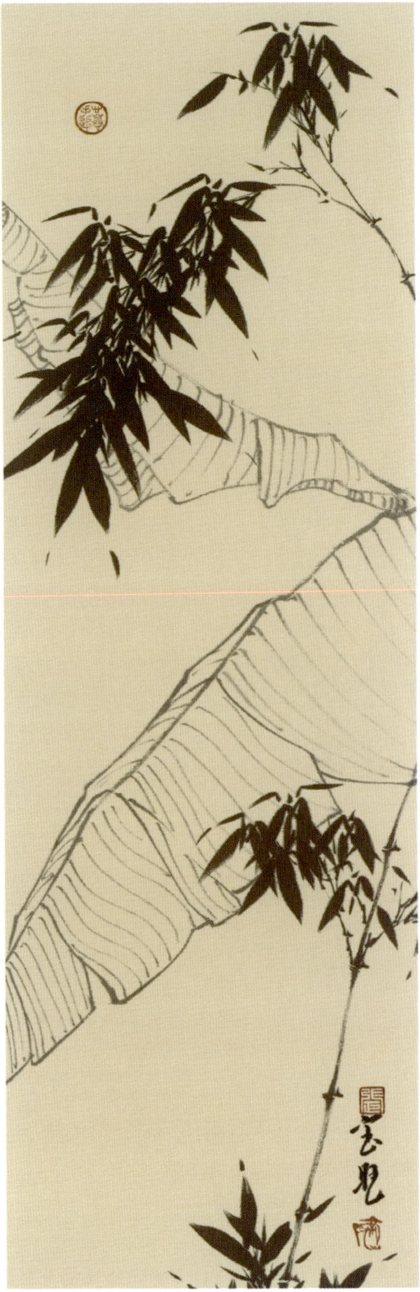

名称：双友图
材质：绢本水墨
年份：二〇二四

名称：中庸谦谨
材质：绢本水墨
年份：二〇二四

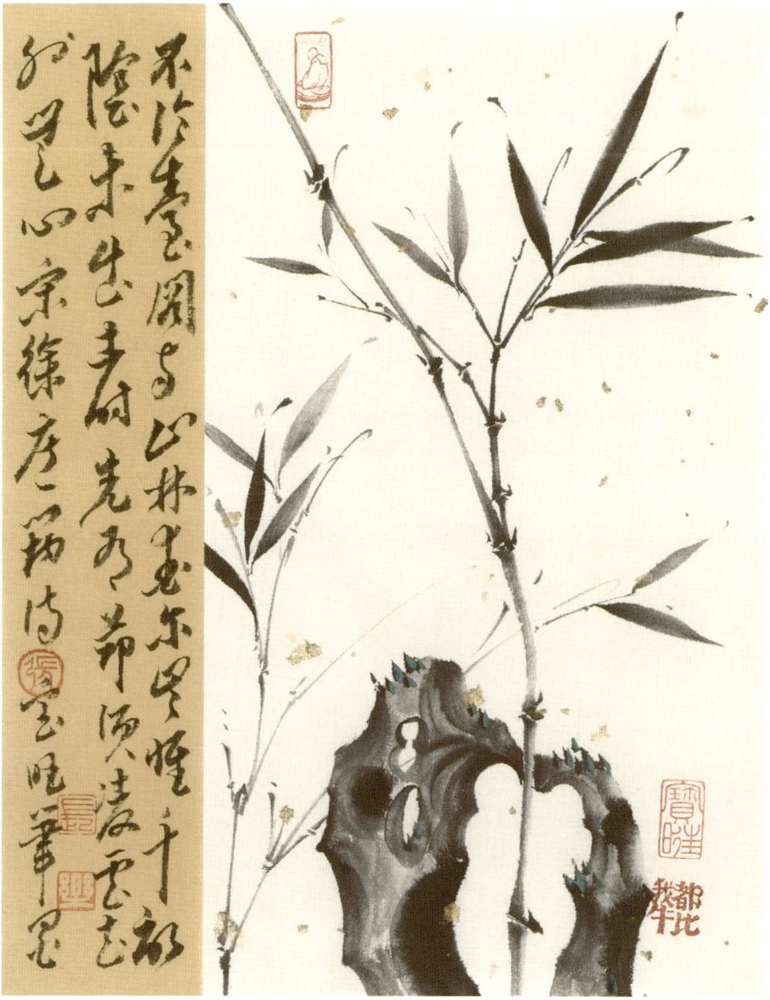

名称：未出土时先有节

材质：纸本水墨

年份：二〇二一

名称：自然吾师 ▶

材质：绢本水墨

年份：二〇二四

名称：风清石韵
材质：绢本水墨、朱砂
年份：二〇二四

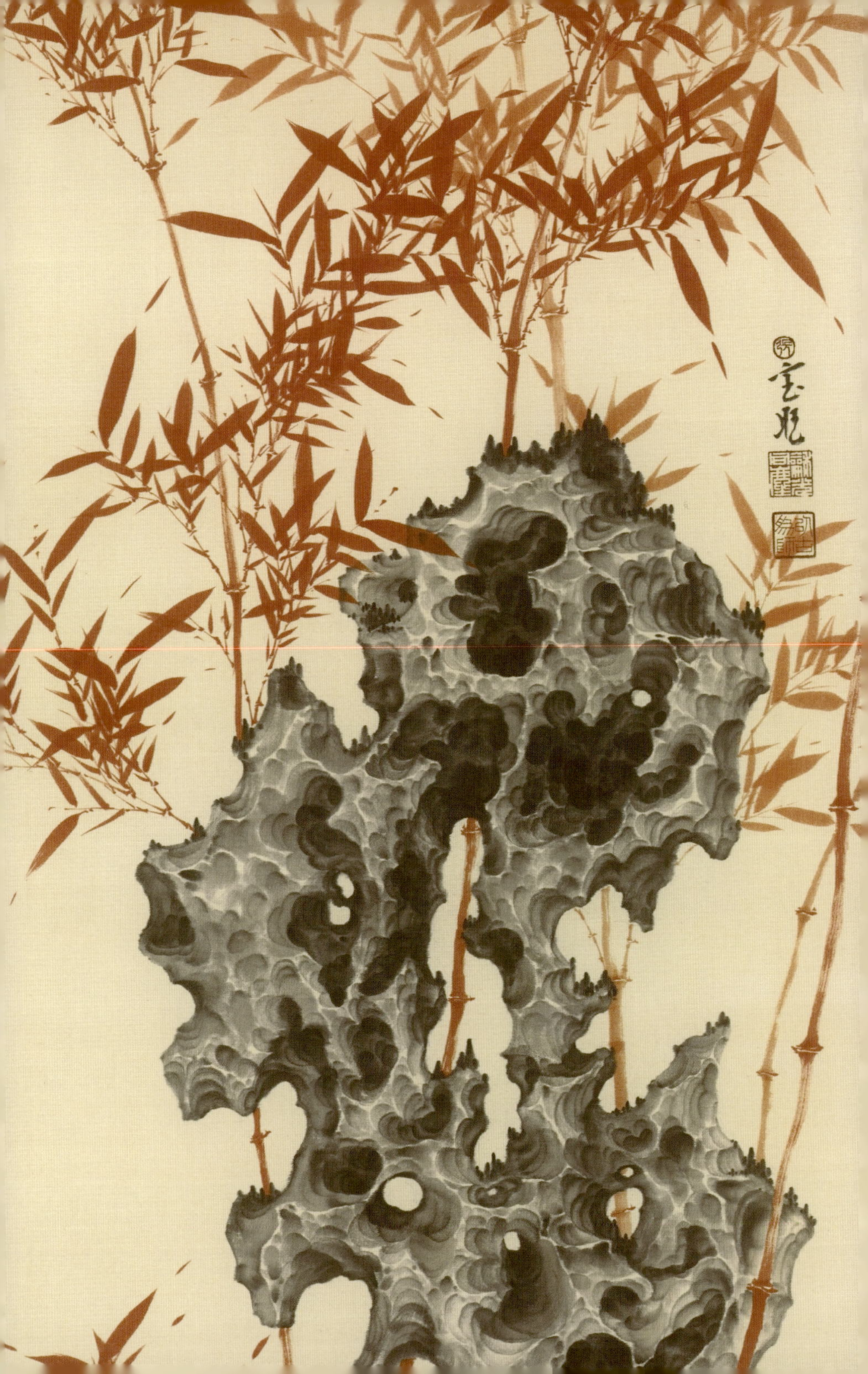

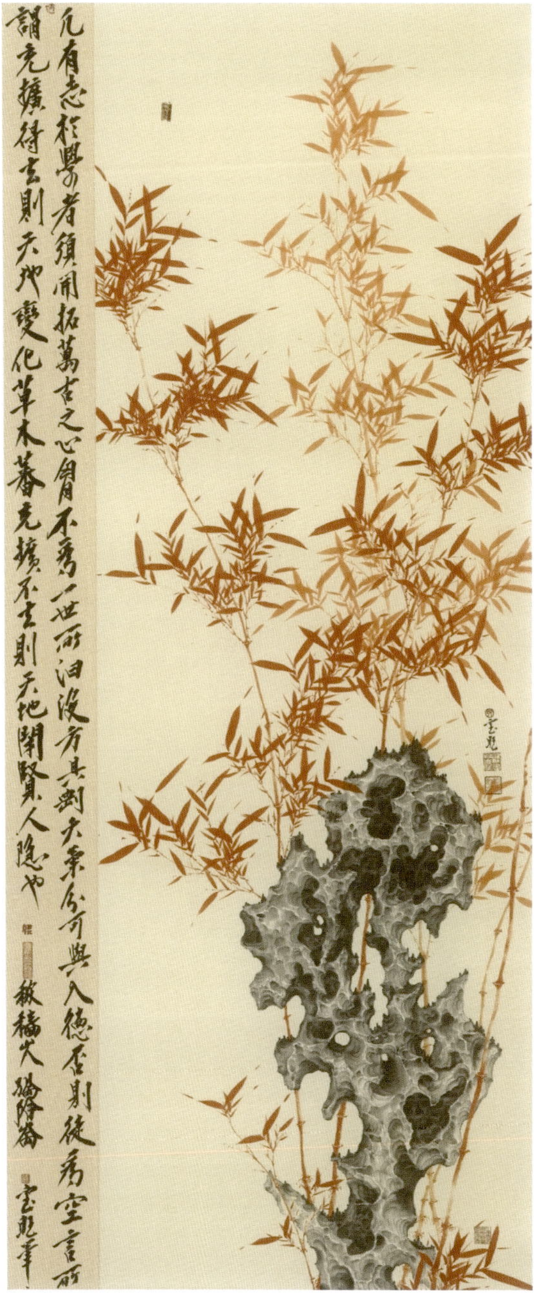

名称：红竹平安

材质：绢本水墨、朱砂

年份：二〇二四

名称：空谷回声

材质：绢本水墨

年份：二〇二四

名称：雨后图

材质：绢本水墨、朱砂

年份：二〇二四

名称：至道幽玄

材质：绢本水墨

年份：二〇二三

名称：共情天地

材质：绢本水墨、朱砂

年份：二〇二四

名称：天地皆归

材质：绢本水墨

年份：二〇二四

名称：清姿雅韵

材质：绢本水墨、朱砂

年份：二〇二四

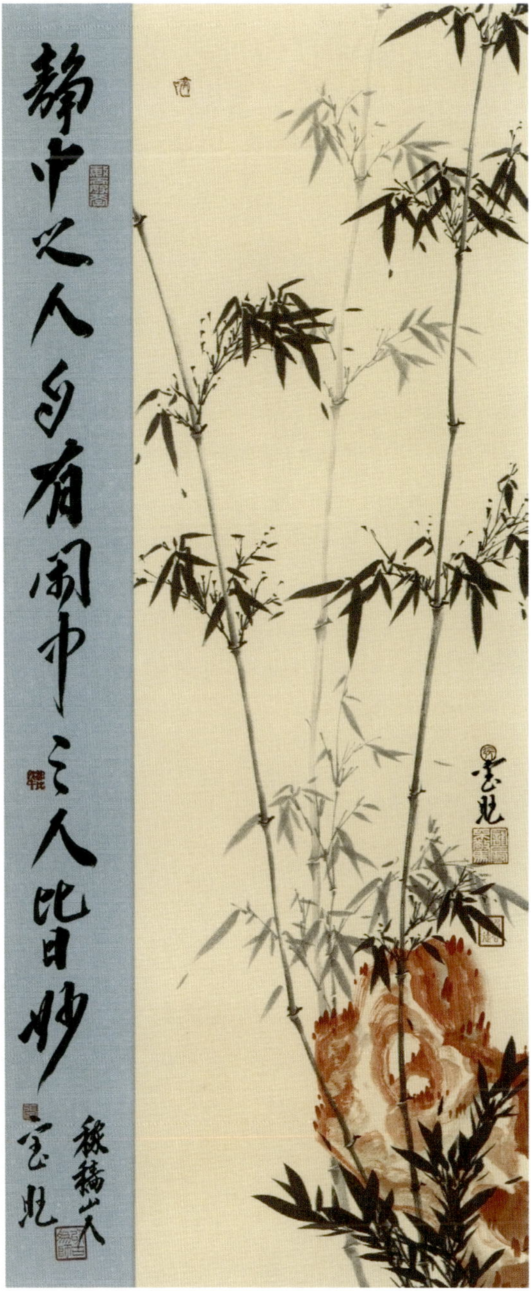

名称：静中之人
材质：绢本水墨、朱砂
年份：二〇二四

名称：竹影蕉声
材质：绢本水墨
年份：二〇二四

名称：雪夜观竹·二

材质：绢本水墨

年份：二〇二四

名称：雪夜观竹・一

材质：绢本水墨

年份：二〇二四

名称：动静等观图

材质：绢本水墨

年份：二〇二四

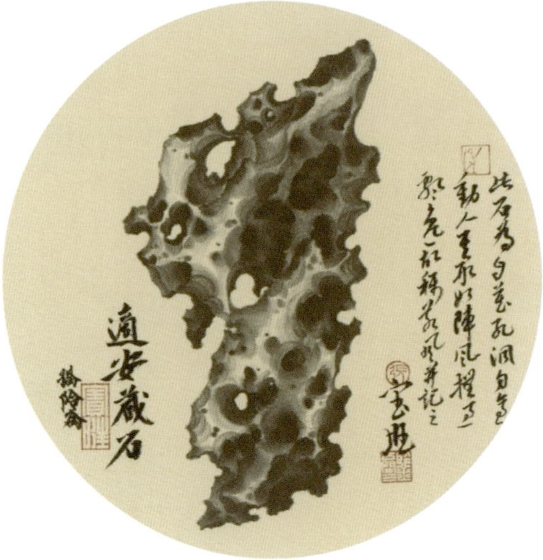

名称：如风图

材质：绢本水墨

年份：二〇二二

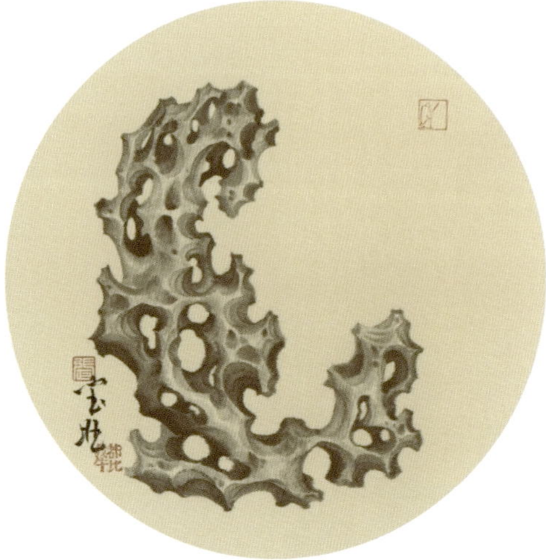

名称：素园石图

材质：绢本水墨

年份：二〇二三

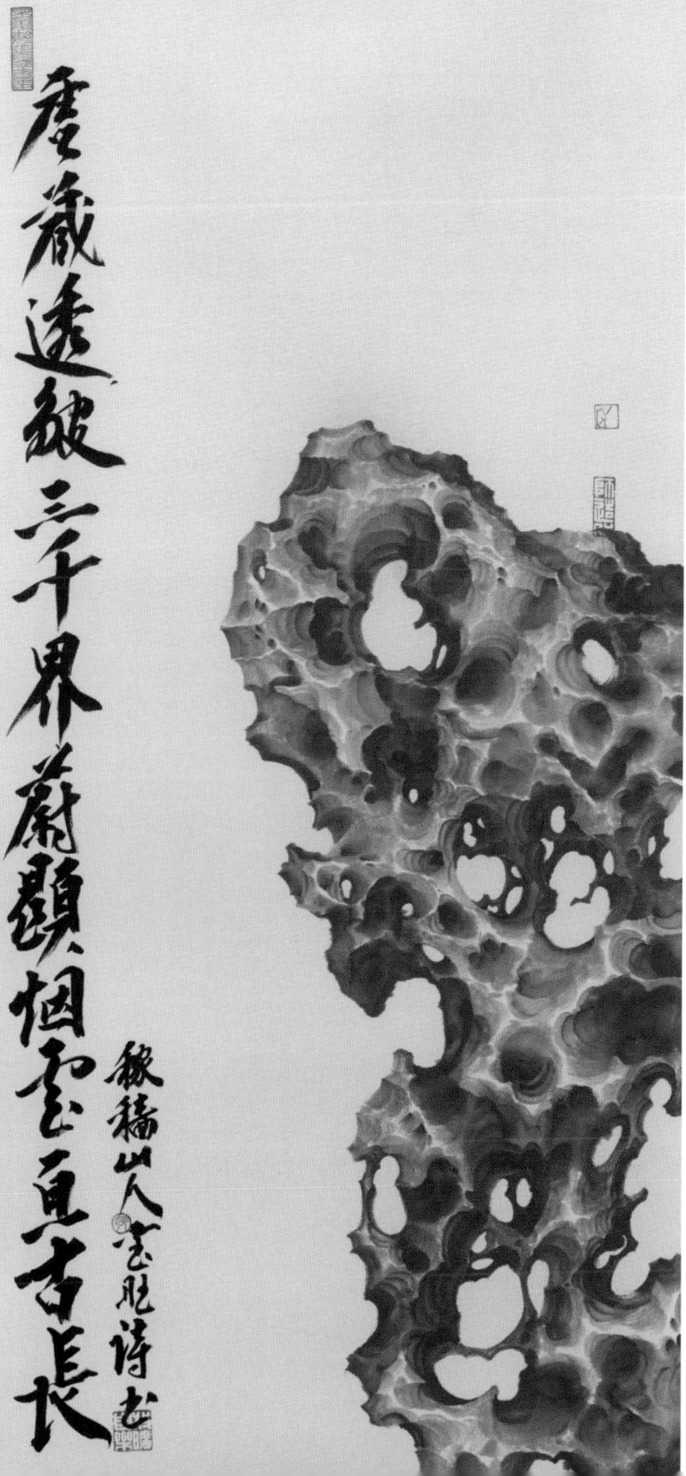

名称：亘古墨石
材质：绢本水墨
年份：二〇二三

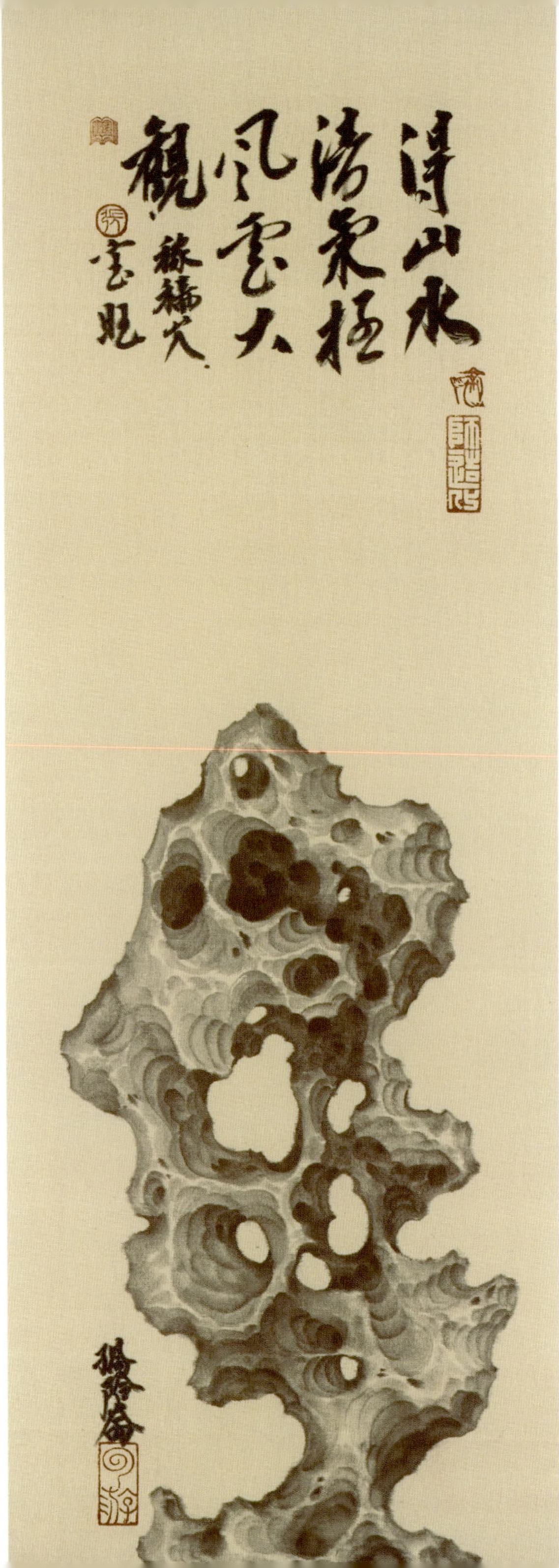
得山水清氣極風雲大觀

名称：大观图 ▶

材质：绢本水墨

年份：二〇二四

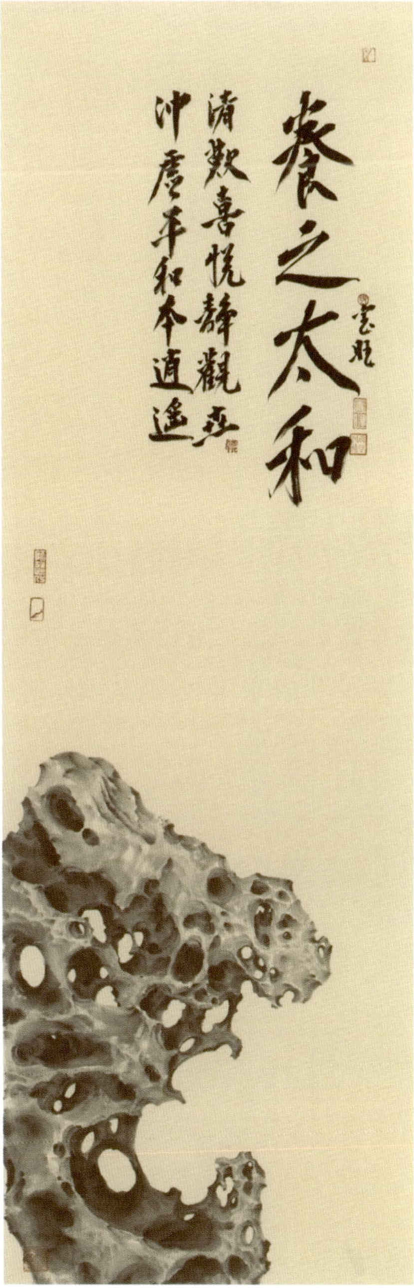

名称：养之太和

材质：绢本水墨

年份：二〇二三

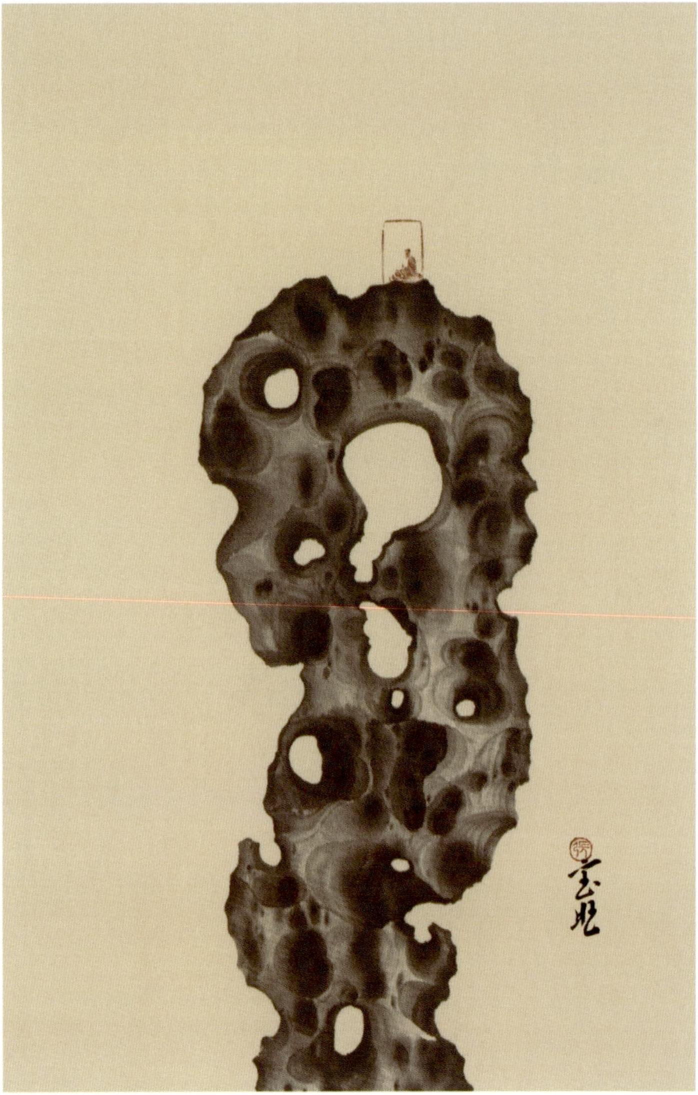

◀ 名称：金刚经
材质：绢本水墨
年份：二〇二二

名称：可人石
材质：绢本水墨
年份：二〇二一

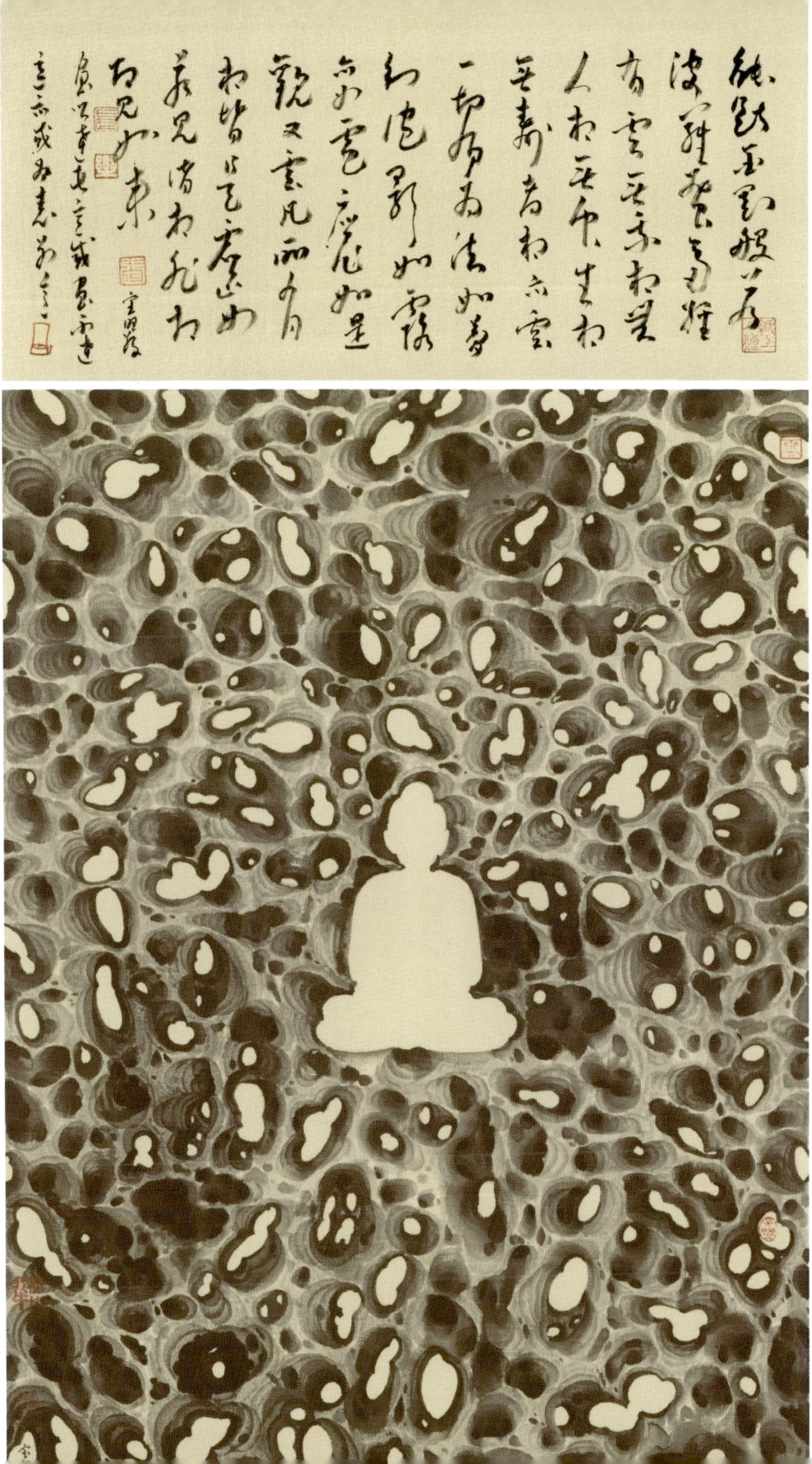

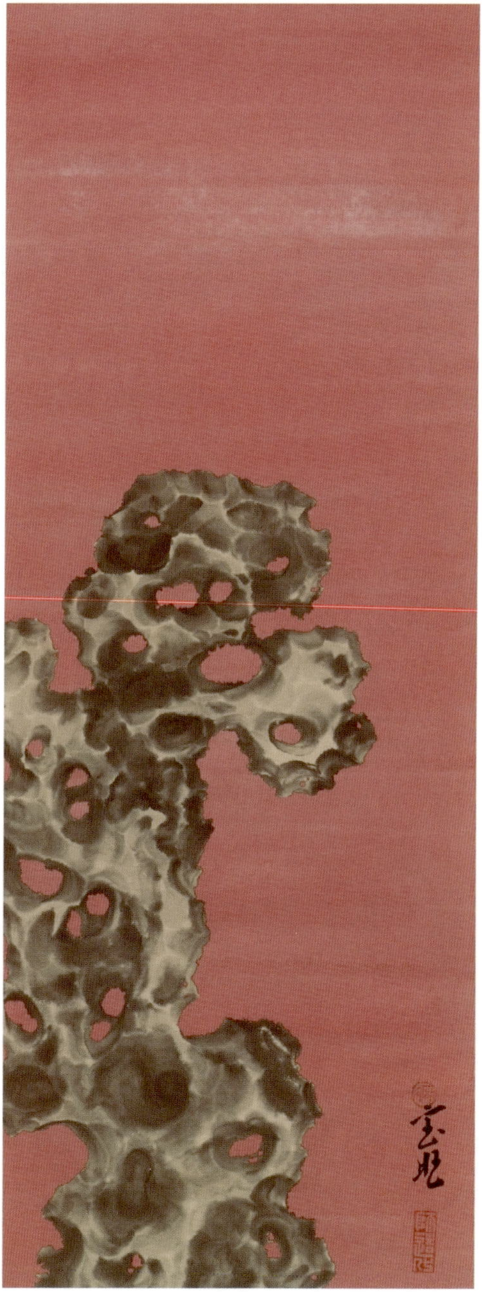

名称：朱墙墨石
材质：纸本设色
年份：二〇二一

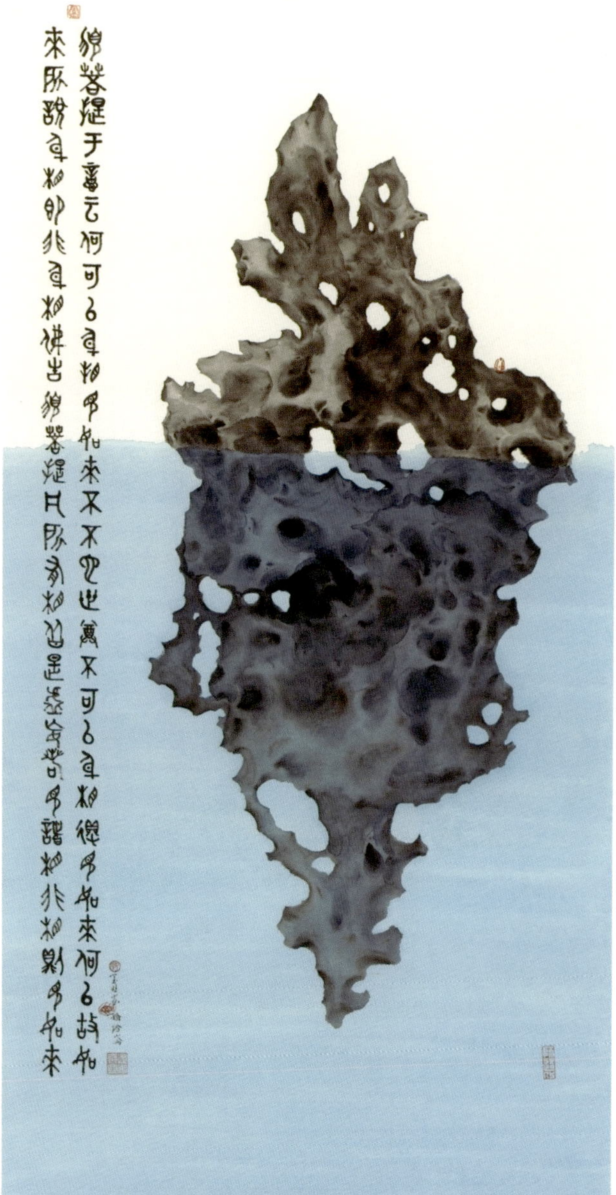

名称：诸相非相
材质：纸本设色
年份：二〇二〇

名称：二八图
材质：绢本水墨
年份：二〇二三

名称：自行·一

材质：绢本水墨

年份：二〇二二

名称：自行·二
材质：绢本水墨
年份：二〇二二

名称：自行·三
材质：绢本水墨
年份：二〇二二

▶ 名称：生活器・一
材质：绢本水墨
年份：二〇二二

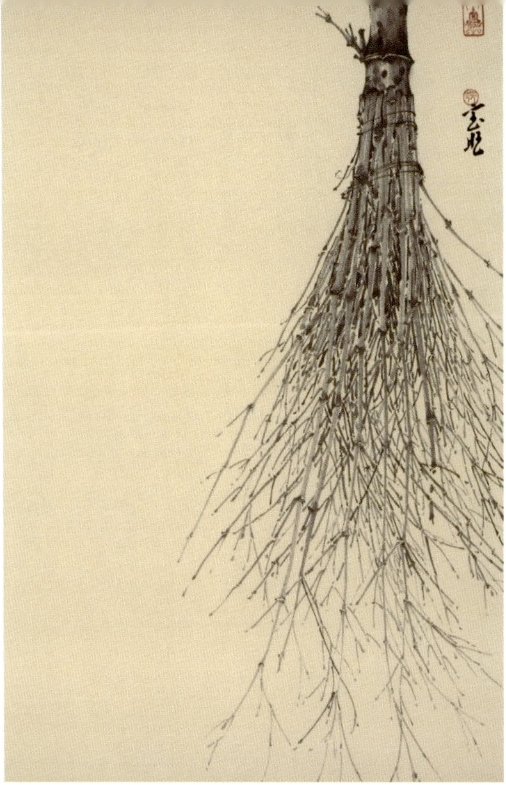

名称：生活器・二
材质：绢本水墨
年份：二〇二一

名称：生活器・三
材质：绢本水墨
年份：二〇二一

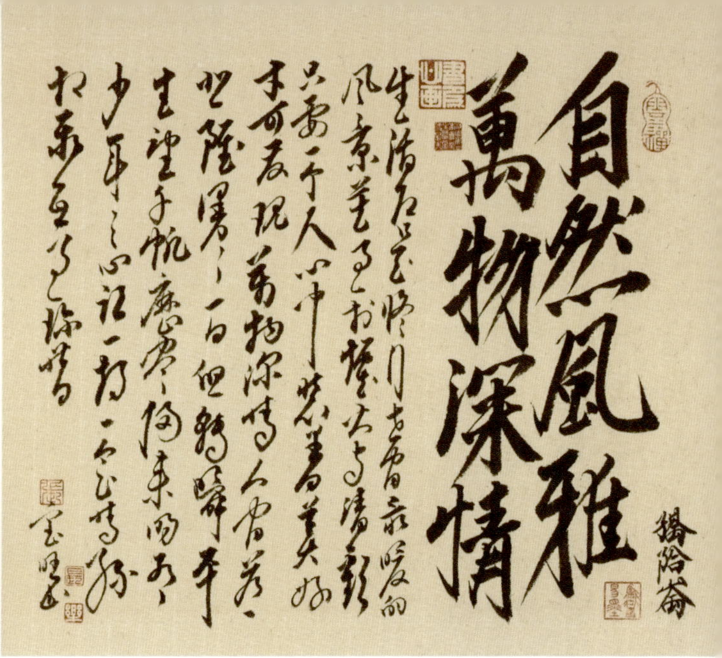

名称：蔬果 · 一

材质：纸本水墨

年份：二〇二〇

◀ 名称：蔬果 · 二

材质：绢本水墨

年份：二〇二一

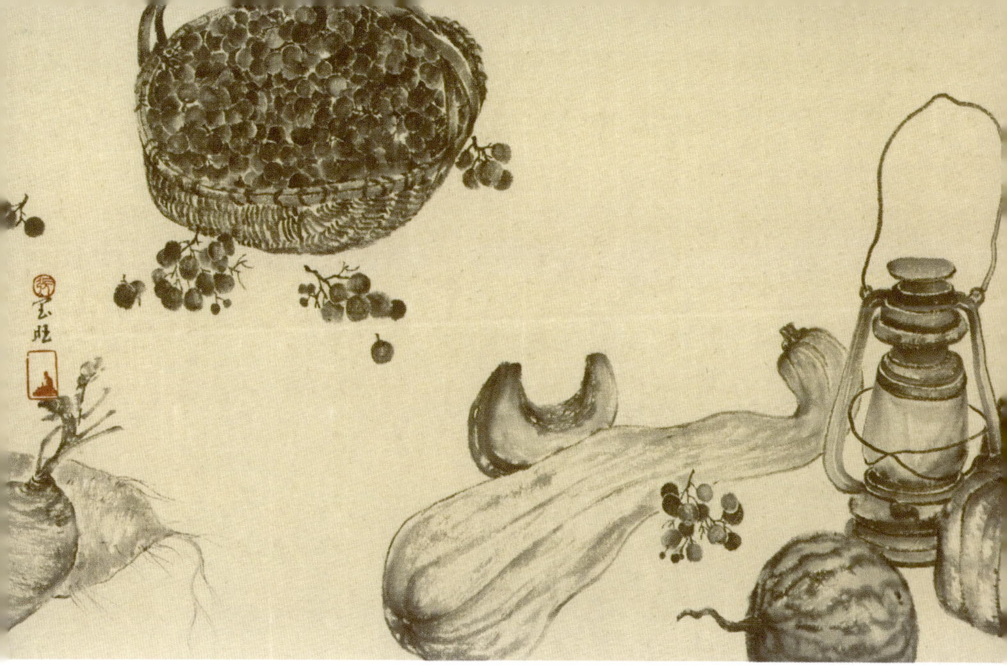

第二卷 道安

吾之书斋，名曰『适安』。源出韩愈句『起居无时，惟适之安』。常在适安别院中『恋物』。然读书人之物，要有自己之品。

『宁归古而勿尚时。』此中之『古』非顽固不化，更非腐朽，而是对经典的恪守。之所以为『经典』，是运用了『时间』这个维度来进行评判，是事物经过了历史的筛查，而被不断地认可的结果。而时尚则是一时之显物而已，尚未永恒。

『宁拙朴而勿淫巧。』淫巧就是用力过猛，进而想遮蔽自己的自卑。拙朴不是笨蠢，是对自然真源的尊重。『自然』的原意就是『本来面目』。

『宁俭约而勿俗媚。』俭与约都是某种自控。好的艺术作品都不是恣意妄为。过于添加与装饰必然是媚俗的，也是罪恶的。古人绘画惜墨如金，就是想说：『那些笔墨的堆砌其实是无能的表现。』

当然，适安别院里最多的『物』是我画中湖石。

《长物志》中有云『石令人古，水令人远』。湖石乃亿万年形成，大者放置园林，小者陈设室内，自然会有历史与时空的气息。每一块湖石都是天造地设的作品，那些美轮美奂的形态岂是人工可及。我之石画，也只能借助水墨的丰富来勉强表意耳。每块湖石虽『含道映物』，但『了凡涤生』。在适安别院中，风竹相吞，炉烟方袅，草木自馨。玩物尚志，其实是爱生活，以艺术的方式栖息。有余兴，书画笔墨，文章诗词……感慨抒怀而已。

2002　2006　2010　2012　2024

入南开大学文学院读书，其间曾任系团支部书记、院党总支书记、学生会副主席，获国家奖学金、校学生科研一等奖，作品多次在各类大赛中获奖

获得南开大学学士学位，被评为优秀毕业生

入清华大学美术学院学习

获得清华大学硕士学位

1983　1990　1996　1999

出生于辽宁省海城市

幼时跟随祖父学习诗文书画

入海城市同泽中学读书，其间曾担任校板报组组长、校团委宣传部部长、文学社社员兼美术编辑，多次荣获市级特长生。被写入校史

以虚心养心 以德养身 以仁养天下万物

寡欲故静　有主则虚

敬守此心则心定　敛抑其气则气平

处逆境心须用开拓法

处顺境心须用收敛法

天地间真机栝　唯静者能看得透

闲时炼心
行时验心

静时养心
言时省心

坐时守心
动时制心

自处超然　处人蔼然

失意泰然　得意淡然

像一个
清醒的
现代人

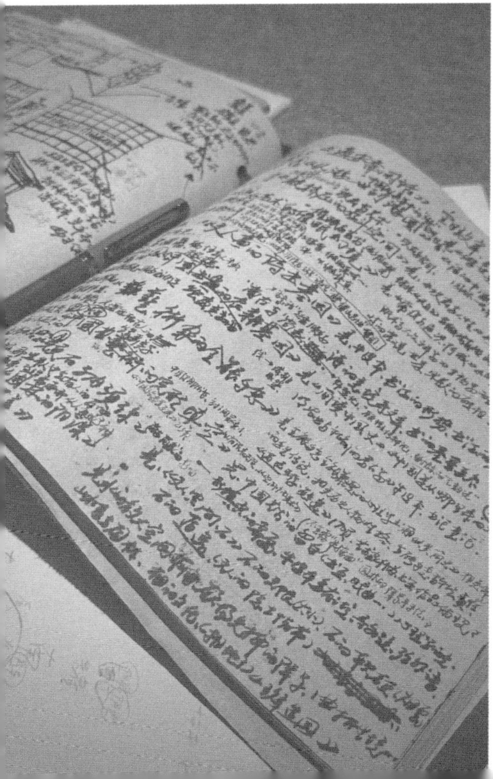

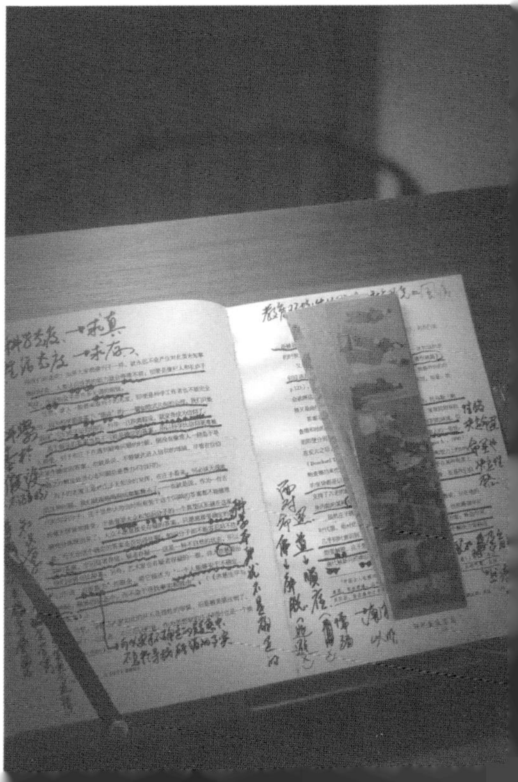

心平气和 千祥骈集

律己宜带秋气
处世须带春风

稼穡
惟適安處
院有山林逍遙樂
人間四時律動和

善为至宝　一生用之不尽
心作良田　百艺耕之有余

多读书以养胆气　顺时令以养元气

天地间真滋味　唯静者能尝得出

大其心
容天下之物

虚其心
受天下之善

潜其心
观天下之理

定其心
应天下之变

身在天地后　心在天地前
身在万物中　心在万物上

图书在版编目（CIP）数据

待渡 / 张宝旺著. —沈阳 ：辽宁美术出版社，2025. 2. — ISBN 978-7-5314-9881-0

Ⅰ. I217.2

中国国家版本馆CIP数据核字第2024MX1436号

出版发行：辽宁美术出版社

地　　址：沈阳市和平区民族北街29号　邮编：110001

印　　刷：沈阳丰泽彩色包装印刷有限公司

开　　本：880mm×1230mm　1/32

印　　张：8.25

出版时间：2025年2月第1版

印刷时间：2025年2月第1次印刷

责任编辑：罗　楠

装帧设计：张宝旺

责任校对：满　媛

书　　号：ISBN 978-7-5314-9881-0

定　　价：98.00元

邮购部电话：024-83833008